さようなら、ビタミン

さようなら、ビタミン

レイチェル・コン 著
金子ゆき子 訳

集英社

両親へ

装画／Naffy

装丁／bookwall

12月26日

今晩、見知らぬ男の人がクリスマスのイルミネーションで輝く木の上に、パパのズボンを見かけた。うちに電話をかけて、教えてくれたのだ。「ズボンがあるよ。ハワード・ヤングとかいう人の」「ほんと、最悪」と私は言った。受話器を置き、パパが家にいるかどうか、ズボンをはいているかどうか確認しに行った。いたし、はいていた。

昨日、私はママに言われて、油性ペンでパパの名前と家の電話番号をパパの衣類のタグに片っ端から書いておいた。

どうやら、パパはそれに対する抗議のしるしとして、電話番号の書かれた服を木に向かって放りなげたみたいだ。ユークリッド通りのあちこちで、パパのズボンやシャツが枝からぶら下がっていて、繁華街の木々にはまだクリスマスのイルミネーションがついているから、電話してきてくれたあの人は運転中に、きれいにライトアップされた衣類に目をとめたのだろう。

12月27日

朝になって、私が図書館の近くに服を回収しに行くと、ちょうど市の職員たちが街路樹からイルミネーションを、街灯からはリボン飾りをはずしているところだった。一人がリボンをほどき、地面にいる相棒へと放りなげる。まばゆい金色の大きなリボンはすべて、広場に停まったやけに大きなピックアップトラックの荷台に積み重ねられる。

その広場で、いらついた男が飼い犬に言っていた。「どうしてお前はそうなんだ？」ベビーカーに乗った赤ちゃんはサングラスをかけていた。

「パパ、ほんと大変だったんだから」家に帰ってから、私は言う。回収できたのは、ズボン一本、シャツ二枚、もつれたネクタイ数本だ。

「もう必要ないじゃないか」とパパは怒った声で、服を元の場所にしまう私に言った。

実家に戻ってきたのはクリスマスイブの日だった。クリスマス休暇に帰省、というお決まりのパターンだ。久しぶりだった。普通なら（つまり、以前は普通だった状況なら）、私はジョエルの実家に行っているはずだ。きっと彼のお母さんはクリスマスの飾り用にポップコーンを作り、お父さんはドイツのクリスマス用菓子パン、シュトーレンを焼いてくれただろう。ジョエルの双子の弟は私にちょっかいを出してきただろう。浴室には、雑貨店のプライベート・ブランドの新品の歯ブラシが置いてあっただろうし、歯ブラシに貼ってあるプレゼント用シールにはジョエルのお母さんが私の名前、〈ルース〉と書いてくれていただろうに。

今年はどこにも行くあてがなく（ジョエルがいなくては、チャールストン行きもあるはずなく）、それで私は車を南に走らせた。三、四年ぶりのクリスマスの帰省だ。サンフランシスコに住んでいるのだから車を六時間、南へ走らせるだけなのに、久しぶりだった。「好きにしていいよ」とジョエルは言ってくれていたが、私は毎年はるか遠くのチャールストンのほうを選んでいた。私たちは電話のスピーカーフォンを使って、「メリークリスマス」と私の両親にあいさつしていたものだった。

ライナスがいないことをのぞけば、なにも変わっていなかった。ママは一番大きなゴムの木を金ぴかのモールやライトで飾り、子どもたちが幼いころに作ったオーナメント（絵の具を塗ったマカロニに縁どられた写真や、私の筆で無表情な顔つきの雪だるまに変えられた年代物の落花生）まで登場させていた。暖炉の上には私たちの長靴下が、ライナスのまで一緒に吊るされていた。私は二十年経った落花生の中身がどうなっているか見たくて、雪だるまを一つ割ってもいいかと訊いてみたけど、「ばか言わないの」とママに一蹴された。

クリスマスの朝になると、パパはすりきれた、小さな赤いノートを引っ張り出してきた。私がごく幼いころから、ずっとパパが書きためてきたノートだと教えてくれた。中身は私への手紙だ。パパは私と一緒にノートを見るのに適切な頃合いを見計らっていたけれど、いつのまにか頭から抜け落ちて（よくあることよね）、今にいたる。とあるページをパパは私に見せてくれた。

今日、お前は金属ってどうやってできるのと訊いてきた。細菌ってどんな味、とも訊いてきた。

お前は手袋をなくして困っていた。どんな手袋だか説明してごらんと私が言うと、お前は言った。「なんだか私の手みたいな形してるの」

それから、パパはすごく唐突にノートを閉じて、怒っているような声で言った。「もう充分だ」

12月29日

しばらくここにいてもらえないかしら、と目下、ママに頼まれている。いろいろと目を光らせてもらえるし、と。

この「いろいろ」というのはパパのことで、パパの頭の中身がすっかり変わってしまったそうなのだ。

これにはびっくりした。そんなにいろいろとまずい事態だとは思っていなかった。パパはまるで変わっていないように見えるし、そもそもママはなんであれ頼み事をするのが大嫌いな人なのだ。「一年だけ」私が答えを渋っていると、ママは繰り返し言った。「考えてみて」

浴室に行こうとしたとき、私はママの叫び声を耳にした。「だめよ、だめ！　あなたは高いのに！」床に落としたビタミン剤に言ったらしい。イチョウの葉エキスだな、と私は思った。

最初の兆候は去年あたりだった。パパは財布を忘れ、人の顔を忘れ、蛇口を閉め忘れるようになった。やがて物によくぶつかるようになり、夜ぐっすり眠ったあとでも疲れが取れなくなった。年季の入った酒呑みですからね、と医師のラング先生は気休めにもならないことを言った。

現在のところ、アルツハイマー型認知症だという診断を寸分の間違いなく下せる検査やスキャンは一つもない。その人の死後に脳を切り開いて、ようやくこの病気に特徴的な「斑《はん》」と「もつれ」を探せる。生きているときにできる診断法は、消去法だけ。物忘れのほかの原因を検査で排除していく以外にやりようがないのだ。だから、アルツハイマーという診断を下すにあたって、医師はアルツハイマー以外の病気のことばかり話すことになる。

パパに当てはまらなかった病名は、甲状腺機能亢進《こうしん》、腎臓あるいは肝臓の異常、感染症、栄養不良だ。栄養不良について言えば、ビタミンB12と葉酸の不足は物忘れの原因になることがある。それなら治療できたのに。

「私の場合は、まじりっけなしに頭の問題ということだな」とパパは言った。

12月31日

今朝、私は一泊用の旅行かばんに荷造りして、両親にはよい年を迎えてねと言い置いて、大晦日をボニーとすごすために、シルバーレイクに向けて車を走らせた。ボニーが誘ってくれたのだ。大晦日の夜を一緒にすごさないかと。なにしろ、私ときたら最近は計画を立てるのもままならない。

国道一〇一号線の渋滞はいつもよりひどいけど、少なくともお祭り気分だ。どの車のウインドウも開いている。右を見ると、日焼けしたエスケペイドに乗ったこれまた日焼けした男が、クリスマスソングをかけている。パッヘルベルのカノンをアレンジしたイントロからはじまる曲で、やがて子どもたちの歌声が加わる。〈この夜に！　この夜に！　まさにこのクリスマスの夜に！〉（トランス・シベリアン・オーケストラの曲〈クリスマス・カノン・ロック〉）

男はすっかりご機嫌で、ウインドウの外に出した煙草を曲に合わせてぽんぽん叩き、灰を落としていた。

高速道路で長時間、ニワトリ運搬トラックの後ろについて走っていたら、フロントガラスに白い羽根を盛大にふりまかれた。ワイパーできれいにしようとしたものの、大量の羽根がワイパーに挟まり、なんとも華麗な動きを披露される羽目になった。

間欠式ワイパーを発明したロバート・カーンズという人は、片方の目が失明状態だと認定されていた。これは以前、ジョエルから聞いた話だ。カーンズは自分の結婚式の夜、予想外の飛び方をしたシャンパンのコルクが当たり、片目を失明した。彼はその後、小雨の中をフォードギャラクシーで走っているとき、まばたきを始終ではなく数秒ごとにおこなう人間の目をモデルにして、ワイパーの仕組みを思いついた。

私はうっかりして、去年、この話をそっくりそのままジョエルに話した。そのときはそもそもジョエルから聞いた話だという事実を忘れていた。「へえ、そうなんだ」とジョエルはまるで初めて聞いたような反応だった。今になっても私には、彼が調子を合わせてくれていたのか、ほんとに忘れていたのか、わからない。

ボニーのアパートのドアには鍵がかかっていなかったので、私は勝手に中に入った。部屋はトーストのような匂いがする。私が来るのを見越して、ボニーは敷物をリビングの片側に丸めて寄せ、床に新聞のスポーツ欄のページを敷いてくれていた。

「ねえねえ！」ボニーがトイレから大声で呼びかけてきて、それから水の流れる音がした。「ヒーターが壊れたから、一日中オーブンをつけっぱなしにしてるの」と彼女は説明した。「トーストでもいかが？」

ボニーは画家だけど、ここのところ、生活の糧を三つか四つの方法で稼いでいる。その一つが髪を切ること。彼女は失恋をしたばかりの人の髪は切らない。そういうルールでやっている。六週間、自分の心のうちをよく見てみなさいと彼女は言う。それでもまだ髪を切りたかったら、そのときは切ってあげる。でも、それより前はだめ。

ボニーが私には例外を認めてくれた理由は、破局後、顔が見えなくなるまで髪を伸ばしっぱなしにしてやると私が思い詰めていたからだ。それに、ボニーは私の一番古くて最高の友達（出会ったのは子どものころ、お互いの父親が教えていた大学でのこと）だし、彼女自身そう自負しているからだ。

「座って」とボニーは指示を出し、自分でキッチンからリビングへ移動させてきたスツールを指さす。新聞の一面にきれいに穴を切りぬき、私の頭の上から即席よだれかけをすとんとかぶせる。グラスに入ったアイスティーを渡してくれたけれど、これは私へのサービスというよりボニーの気晴らしで、彼女の狙いどおり、私は頭を動かさないようにしてグラスを顔のそばまで持ちあげ、ストローで顔を刺してしまうのだ。

　ボニーが私の髪を切っているあいだ、テレビでは〈離婚裁判所〉というリアリティ番組をやっていた。番組の終盤、男のほうが望んだような合意にはいたらず、どちらの側もあまり納得していないところで、なにか言い残したことはないかと男は訊かれた。

「お前は今までどおり俺を食わしていくんだ」男はカメラをのぞきこみ、元妻に向けて不気味な口調で言った。「お前はこれまでと変わらずバカだ」


　ジョエルによれば、別れ話に彼女のことは関係ないらしい。だけど、事実がこれだけ明白に、彼の主張を薄っぺらに見せているのに、そんなこと信じられるわけがない。事実はこうだ。彼ら二人は今、サウスカロライナの彼の実家からほど近いところに住んでいて、たぶん、かつての私たちよりも幸せになっている。

　六月のサンフランシスコでのこと。すでに家の中の物はすべて箱に詰めこんでしまったので、私はタマネギをきつね色にするのに、やっと見つけた唯一の使える調理器具、オーブンの天板を使うしかなかった。レンジにかけてつぶしたジャガイモとタマネギを混ぜ合わせたものが、二人で食べた最後の晩餐になった。まあ、当時の私はそんなこと知らなかったんだけど。

　市内のちがうエリアに二人で転居する、私はそう思っていた。バーナルハイツにあるワンベッドルームのアパートに引っ越すんだと思っていた。引っ越しの理由は、新居のほうが広いし、家賃だって不思議なくらい手頃だからだ。ジョエルがずいぶんと念入りに、自分の物が私の物にまざらないように荷造りしていたのを、私はなんてジョエルらしいんだろうと思っていたけれど、実際にはあれは私と一緒に行くつもりがなかったからだったのだ。

きっと前ぶれはあったのだろう、私が見ようとしなかっただけで。ジョエルはパーティーの席で女性と話をしているとき、私がそばを通りかかると、こちらに手を伸ばしてそっとふれてくれた。まるで、心配しないで、僕はいつだってきみのことが一番好きなんだからね、とでも言っているみたいに。あるときから、そうしてくれなくなったことに私は気がついていた。でも、そんなのなんの意味もないことだ、と自分に言い聞かせていた。

とにかく、要するに、私はわかっていなかったということだけど、もしもわかっていたとしても、私にいったいなにができただろう？　ジョエルは私に言った。「ルース、誤解しないで。僕は変わらず、きみがすごく好きだよ」と。なんていう台詞《せりふ》！　そして、そのとき私が思ったのは（今でもそう思ってるのだけど）、それは言っちゃいけない言葉だし、なんの意味もないってこと。「忘れなさい」とボニーは言う。「あんたにはふさわしくない男だったんだから」と彼女はきつい口調で言う。確証がなんにもないのに友人が自信満々に断言してくれるという、あのパターンだ。でも、もしも本当は私たちがお互いにぴったりふさわしかったのだとしたら？

年越しパーティーはハイランドパークにある、アートスクール時代からのボニーの友人、チャールズの家で開かれる。その前に、私たちはボニーの家のキッチンで、以前よくやっていたみたいに、ウォッカを大きなコップで呑んでは、酔い覚ましに砂糖をちょっとつけたベビーキャロットをつまんだ。

ドアのところで私たちを出迎えてくれたチャールズは、不安そうにも、動揺しているようにも見えた。顔がすっかりピンク色に染まっている。「彼ったらあなたにのぼせあがってるの？」チャールズがつぎに到着したゲストを迎えに行ったとたん、私はボニーに訊いた。しかし、彼女はちがうと答え、全粒粉クラッカーを食べすぎたせいよ、と言った。チャールズはたんに、ナイアシンのせいで顔がほてる体質らしい。栄養強化した小麦粉には必ず反応するそうだ。前にもあってね、とボニーは私に話してくれた。学生時代のほんの短いあいだ、二人はデートする間柄になり、それで彼女はこの体質のことを知った。チャールズは今でも全粒粉クラッカーが大好物だ。そして、まだ自制心を働かせられずにいる。

家の中では、テレビの前に人だかりができていた。タイムズスクエアでの大晦日恒例のボールドロップの録画放送が流れている。見知った顔が多かったけれど、だれがだれだかうまく思い出せない。三人か四人は間違いなく髪を切ったばかりだ。自分だけじゃないことに私はほっとした。

「ルース？」と見知った顔の中の一人が言った。赤毛のあごひげをびっしりとはやし、耳がペーパークリップの形をしている男、高校時代に生物の授業で私の実験パートナーだったジャレッドだ。臆面もなく話す様子から言って、ジャレッドは自分があまりいい実験パートナーじゃなかったことを忘れているみたいだ。今の彼は寿司シェフをしているという。最近、寿司の学校を卒業したばかり。うなぎの皮をむく技術を習得したそうだ。

元気にしてたのとか、ロサンゼルスに住んでいるのとかジャレッドが尋ねてきたので、私は答えた。ううんとか、サンフランシスコとか。でも、来年一年、実家に仮住まいしようと思ってるの、「記憶の欠落」がよくある父親を見ててあげるために、とも。どうしてこの言葉を使ったのか――「記憶の欠落」って。ママが使った言葉で、私はそれをそのまま口にしただけ。これまでは、そうはっきり言う必要に迫られていなかったから。

「一年だけね」と私はもう一度言った。

ジャレッドはなにやら鮮やかな青い液体が入ったパンチグラスを掲げて、私のシャンパンのカップにこつんと当てた。「乾杯！」ジャレッドはすっかり感心した様子で言った。もう無理。私はその場を離れることにした。ジャレッドには、車にちょっと忘れ物をしたからと言い訳した。車に戻ると、私は後部座席の上で脚を伸ばした。携帯電話を取り出そうと、ハンドバッグにおそるおそる手を突っこむ。どうしておそるおそるかというと、私のハンドバッグの中はゴミでいっぱいだからだ。あまりにたくさんのレシートやパンフレットやチケットの半券が入っているので、紙で手が切れないかと心配になってしまう。

ジョエルのお母さんから、留守電が入っていた。大晦日のあいさつをしたくて、それから元気にやっているか知りたくてとのことだった。お酒の勢いで電話してきたのかなと私は思った。ジョエルのお母さんはいつも私を好きでいてくれた。ときには息子を愛する以上に、私のことを好いているようだった。クリスティンのことは今、どう思っているんだろう。私は思わず想像してしまう。

ジョエルのお母さんは息子の新しい恋人が大嫌いだから、そのことを伝えたくて私に電話をかけずにはいられなかったんだって。

どういうわけだか私の服のポケットに煙草が一本入っている。だれかが忍びこませたとしか考えられない。曲がっていたのでまっすぐに伸ばし、ウインドウを下げて吸いはじめた。メントールだ。そうこうするあいだにも、みんなはカウントダウンを叫び出し、古い年から新しい年になった。

ジョエルにはちょっと優柔不断なところがあり、お母さんはそこをよく叱っていた。彼と一緒にいると、私は正反対の立場と態度を取れていた。お母さんは私のそういうところが気に入っていたんだと思う。私は彼の煮え切らない態度に反発することで、決断することができた。これをしましょうとか、あそこに行きましょうとか、ほんとにそれでいいのね、私はいいんだけどとか。

今になって私は思う。あんなこと、私ほんとにしてたんだっけ？

零時一分に携帯電話が鳴った。弟からだった。

「あなたの歌を歌ってたところ」と私は言い、こう歌った。「ライナース、お留守《マイナース》のー、クリースマース！」

「覚えやすい曲だね」とライナスは言う。「才能あるよ」

困ったことに、私は弟にきついことを言えない姉なのだ。いつも言い訳をたっぷり聞かされる羽目になるし、自分とそっくりな欠点だらけだから、指摘できやしない。

そのとき私は気づいた。私ったらほかの人のコート着てる。だれのものかわからないコートだ（こんなコートを着て入ってきた人を見た記憶がない）けど、あまり実用的なものじゃない。持ち主はたぶん中にいる、非実用的な服を着た人だと思う。パーティーが終わるころにはその人は呑みすぎて、外の寒さなんかどうでもよくなっているだろう。私だって素面《しらふ》とは言えないけど、自分が凍死しかけていることに気づけないほど酔ってはいない。

元日は昔から好きじゃない。なにが嫌って、そもそも〈はじまり〉なんてものはないでしょ。みんな好き勝手なタイミングで途中から入ってくるのに、〈はじまり〉ってなに？　誕生日こそがその人の開始ポイントかなと思うけど、それを得意顔で祝うというのもなんだかちがう。

婚約してから数週間後、ジョエルとの結婚に期待するものってなに、と訊かれて私は思った。〈明瞭さ〉って。それなのに、あんなことになるなんて、青天の霹靂《へきれき》って言うんでしょうね。

それから、私は「フィアンセ」って言葉を口にするのが大好きだった。それはきっと……もうどうでもいい。ほんと、みじめな私。

＊

家の中に戻ってみると、みんなはめったやたらに新年のキスをしている最中で、ボニーは電話中、たぶん相手はヴィンス、つまり彼女がいつもいつも捨てるつもりでいる彼氏で、チャールズはというと相変わらずピンク色で、今ではズボンを脱いでペーパータオルを手に、こぼれたシャンパンを拭きとっている。彼のズボンのほうは部屋の向こう側で別の液体を吸いあげている。人だかりの中ではモルモットとスナネズミのどちらがいいペットになるかという議論がされていて、ジャレッドは精神安定剤の錠剤を半分に切り分けている。

私は大量のプラスチックカップの中から、やっとのことで自分のカップを見つけ出した。油性ペンで星印をつけたカップだ。中身はもともとはシャンパンだったけど、今ではバーボンを軽く混ぜたシャンパンになっている。だって、私のモットーは、〈どうせ体によくないものなら、呑みたいものを呑むべき〉だから。

さっき話したときにジャレッドは、あのころの僕らは若かったと言い、いや、そこそこ若かったねと言いなおし、やりたいことをなにもやらずにすごす一年は長すぎるよとも言った。

寿司シェフをやってるとジャレッドは言っていたけど、そのあとに話をした別のだれかは笑って、ばかにしたように、「シェフっていう言い方もできるんだろうけど」と言った。この人は前にジャレッドの勤めるレストランに行ったことがあったのだ。ジャレッドは魚を三枚におろし、サーモンの骨をピンセットで抜いていたものの、どの魚もすべて、薄く切って仕上げるのは本物のシェフたちだったという。ジャレッドはあごひげにヘアネットをかぶせていたらしい。

そして今、あれから時間がかなり経って、ボニーのアパートに戻り、彼女と私はバルコニーに腰を下ろして、大きなボウルに入ったピーナッツのランチドレッシングがけをスプーンで食べながら、二人して一枚の毛布にくるまっている。周囲のいたるところから聞こえるパーティーの音が、盛りあがっては盛りさがる。丘の上に広がる街のあちこちで灯りがついたり消えたりするのが見える。

「昨日なにがあったと思う?」とボニーが言いだした。「昨日、店に入ってきた人がね、シャンプーとあそこを舐めてもらうのとで値段はいくらになるって訊いてきたの」

「それで、その男にやってあげたの?」と私は訊いた。

「その女はお金を持ってたから」とボニーは言った。

そのとき私は自分がジョエルにもらった指輪をはめていることに気づき、ぎょっとした。ハンドバッグのポケットの中に入れていたはずなのに。いつはめたのか記憶がない。私は指輪を揺さぶりながら引き抜き、ハンドバッグの中に戻した。ゴミの海がすぐさま指輪を呑みこんだ。

ボニーが私を見ている。いかにも愛情のこもった目つきで。

「もしかして」私はふと思って言った。「ヘアカットの出来に見とれてる?」

気がつくと、いつのまにか午前三時で、私たちはウォッカとベビーキャロットに戻っている。

「新年に乾杯!」私はグラスを持ちあげた。「新生活に乾杯!」

「今年はあたし、もっといい人になる」とボニーは言った。「でも、ヴィンスに対してはもっといやなやつになる」

「私はバッグの中をきれいに保つ」

「あんたは大丈夫になる努力をしなさい」とボニーがぴしゃりと言った。

「大丈夫になることに乾杯!」と私は叫ぶ。

「新年に！　新生活に！」

「新生活に」と私はもう一度言い、私たちはお酒を呑んだ。

1月1日

二日酔いが好きになれるときもある。だって、少なくとも、なにかをやっていることになるから。今朝の二日酔いは齧歯類《げっし》だ。つまり、うるさいけど扱いやすい。私のイブプロフェンアレルギーはママゆずりだ。ママからはほかにも、どんな薬も一錠だけでは効かない特殊な頭痛と発熱を受けついだ。今朝の最優先事項は、アスピリン二錠とグラス一杯の水だ。

昨夜の夢の中で、私は雨に降られた。ジョエルが傘を持っていたけど、彼は私を置いてけぼりにした。ズボンをはいた犬を追いかけようと、一人でふらふら歩いて行ってしまったのだ。運よく、私はサラミでできたコートを着ていた。コートの上で雨粒がビーズ状になり、するすると滑り落ちていった。

私はリビングの壁に立てかけられているボニーの絵をつぎつぎと見ていく。ほこりとクモの巣に覆われていたので、袖の先で払い落としてあげる。

ボニーがふらふらとリビングに入ってきて、目をこすった。

「どれもいい絵ね」と私は言う。

「みんなゴミよ」

「これなんてきれいだけど」と私は言い、一枚を持ちあげた。自画像みたいだけど、自信を持って言い切れない。描かれているのは、ボニーとおなじ色の髪、おなじ色の肌、おなじ色の瞳をしている人だ。

「持っていけば」とボニーは言いながら、片手をひらひらとふった。まるで、いらなくなった小さすぎる靴について話しているみたいに。

ボニーの顔に、おかしなくぼみができている。眼鏡をかけたまま眠ってしまったのだろう。彼女は私の髪にふと目をとめると、とっさに両手で整えようとしてくれた。

「髪切ってくれて、ありがとう」と私は言う。

「帰ってきてくれて、うれしい」と彼女は言い、最後にもう一度だけ私の髪をほれぼれと眺める。

帰宅すると、両親はソファに座って、なにやらピンクオレンジ色の液体が入った背の高いグラスを握りしめていた。テレビでは新年を祝うローズ・パレードが中継されている。ママの足はパパのズボンの裾に入っている。ママ流の足の温め方だ。

「素敵じゃないの」とボニーの絵についてママは言う。

ピンクオレンジ色の液体はマスクメロンジュースというものらしい。「〈メロネード〉って私は呼んでるのよ」とママは言う。

ママは料理をやめた。ほかの人が煙草をやめたり、ギャンブルをやめたりするみたいに。パパのためを思ってだ。ママの考えによると、長年、アルミニウム製の鍋や缶詰を使った料理をしてきたことが、アルツハイマー病につながったのだそうだ。ママは家にあったアルミの鍋やフライパンを放り出し、アルミホイルを投げ捨てた。

ママはインターネットで認知症についての論文をもう何本も読んでいる。たとえば、こんなのだ。脳は働くためにミネラルを使うが、マグネシウムが不足しているときには、そのつぎに入手しやすいアルミニウムを使う。大量のアルミニウムが使われた場合、神経組織が傷つくことがある。とはいえ、そういった研究論文が百パーセント正しいわけでもないのだけど。


これがかつて私たちの食事すべてを、寿司だってケチャップだってイングリッシュマフィンだって、一から作ってくれた私の母親なのだ。ママは機械で製造されたバターを毛嫌いしていたから、映画館にだっていつも手作りのポップコーンをこっそり持ちこんでいた。

これが毎晩夕食をこしらえてくれて、子どもが高校生になっても隙あらばお弁当を持たそうとした私の母親なのだ。

今ではあらゆることに目を光らせ、一番健康への害が少ないという理由でジュースとビタミン剤しか信用しそうにない。これが私の母親なのだ。


ジョエルはカリフォルニアを好きになったためしがなかった。口癖みたいに引っ越しについて話していた。表向きは私も賛成していたけど心の中では、いつか彼の気持ちが変わるんじゃないか、説得できるんじゃないかと期待していた。父方の血筋の話だけど、私たちはずっとここで暮らしてきた。まずは遠くのアイルランドとドイツから、ニューヨークとペンシルベニアへやって来て、それがパパの四世代前になって、サンフランシスコとサンタバーバラとパサデナとパームスプリングスにたどり着いた。

だから思う。どうしてここではだめなの？　私が育ち、両親がまだ住んでいるこの家ではなぜだめなの？　私は三十年前、七月のある日の午後、隣町のフォンタナで生まれた。ママは私を産んだときには二十五歳で両親を亡くしたばかり（なくすのは二度目）だった。

ママの養父母はその年に、車の事故で他界していたのだ。当時、生物学上の両親は中国でまだ生きていたのかもしれないけど、ママはその人たちについてなにも知らない。もしかしたらその人たちは娘のことをずっと思いつづけていたかもしれない。もしかしたら、娘のことなんか一度も思い出さなかったかもしれない。あるいは、時たま思い出すぐらいだったかも。なにか特別な機会に、たとえば初孫が（私のことじゃない）生まれたときなんかに。とにかく、ママには家族がいなかった。私たちをのぞいては。


リビングにあるピアノの前の壁に、写真が一枚飾ってある。病院で、私が生まれて数時間のうちに撮影されたものだ。写真の中のパパは毛深くて、ライナスがもっとたくましくなったような見た目で、癖毛のあごひげをはやし、巨大なプラスチックフレームの眼鏡をかけている。着ているのは白黒模様のTシャツだ。ぴっちりした赤いズボンのウエスト部分も写りこんでいる。出産前の通院の際に、パパは「新生児の目にはなにが見える？」というタイトルのパンフレットを受け取っていた。「新生児は目の焦点をうまく合わせられません」とそのパンフレットに書いてあった。「新生児が色を知覚しているかどうか確かめるすべはありません。しかし、いくつかの研究によれば、赤色と、明暗の差がはっきりした模様には反応するそうです」

パパの隣で写っているジョン叔父さんはシャツを着ていない。上半身だけの写真なので、全裸に見える。ジョン叔父さんが赤シャツ姿で病院に到着したとき、パパは自分の弟に激怒した。

「なにを考えてんだ？」とパパは言ったけれど、ジョン叔父さんはもちろんなにか考えがあったわけじゃない。なにも企んでなどいなかった。叔父さんがいつもカラフルな服を着ているのは、鮮やかな色の服はいつでもセールになっているからというだけ。いつもどおりの服で来ただけなのだ。それなのにパパは烈火のごとく怒り、シャツを着たままで娘と面会してはならないと言い渡した。そういうわけでその写真に写っているのは、いかにも八〇年代のパーマをかけてるけどとても美人で、疲れているものの楽しそうな表情のママと、しかめっ面のパパと、シャツを着ずに、赤ん坊の私を抱いて、気まずそうな笑みを浮かべているジョン叔父さんなのだ。

テレビに映っているパレードの山車《フロート》の一台は、機械仕掛けの亀で、苔とひまわりの種でできている。「ローズ・パレードなんだ。種パレードじゃないぞ」とパパが不機嫌そうに言う。ママは器用にオレンジの皮をむく。それからパパの手をこじ開け、その手にオレンジの房をのせる。

パパの不機嫌のわけは、先週、学部長のレヴィンが電話を寄こして、今度の学期にパパが教えるクラスはないと通告してきたせいだ。これまでの半年間、パパは授業を数回休み、ほかの教授の駐車スペースを占領し、はっきりした理由もなく講堂で泣いた。レヴィンによれば、苦情が何件か寄せられたらしい。

支離滅裂な言動をこれ以上大目に見るわけにはいかない、とレヴィンは説明した。いつかパパが元通りになり、行儀よくふるまえるようになれば、仕事に復帰させてもらえるかもしれないそうだ。レヴィンは「いつか」と言ったが、その本当の意味は(私たちみんなその意味はわかったけど)、「万が一」だ。

パレードのフロートはすべて完全に自然の素材で覆われていなければなりません、とアナウンサーは言った。花はもちろんオーケーですが、タピオカでもクランベリーでもかまいません。

＊

ママにビタミンB12を一粒ずつ渡され、私たちはその錠剤をセロリジュースで流しこむ。ママの説明によると、ビタミンB12はミエリンという、神経が働くために必要な物質を作るらしい。セロリのほうは「ブレイン・フード」とも呼ばれ、炎症を鎮めてくれるルテオリンを含んでいる。

今や、家には簡単につまめる食べ物がほとんどない。食料貯蔵庫から、ママが有害とみなした食料が消えたからだ。どんなものでもアルツハイマー病の原因になりえる。シリアルとパンには糖が含まれていて、血糖値が高いとアルツハイマー病が悪化するし、飽和脂肪酸はアルツハイマー病のリスクを高める。

いつも使っていた塩の代わりに、低ナトリウム塩が登場した。キッチンのカウンターにはバナナが置かれ、バターがあった場所には真空パックされた七面鳥があるし、ジュースにするいろんな種類の果物と野菜もある。あとはナッツと、クラッカーの箱の底に最後の欠片があるくらい。

いらいらしたときにママがやるのは、かけてもいない眼鏡の位置をこめかみのところで直す仕草だ。四年前にレーシック手術で目にレーザーを当ててもらったのに、今夜、ママはついていないテレビを見つめながら〈透明眼鏡〉を押しあげていた。

ママが普段とちがうと思う理由がもう一つ。クリスマスといえば、腕によりをかけて料理する祝日だったのに、今回はみんなでビュッフェ式レストランへ行った。しかも、決まって最後に食べるベークドポテトを、ママは全然食べなかった。

こんな話を読んだ。アロイス・アルツハイマーがフランクフルトにある市立精神科病院の上級医師だったときに、アウグステ・データー夫人が入院してきた。一九〇一年のことだ。この五十一歳の女性は不安感が強く、忘れっぽくて、末期には、攻撃的で予測のつかない行動をとるようになった。入院から五年後には亡くなった。

アウグステの脳を切り開いたアロイス・アルツハイマーは、異常なたんぱく質が神経細胞の周りにたまっていることを発見した。彼はそうしたたんぱく質を「斑《はん》」と呼んだ。「老人斑」あるいは「神経炎斑」とも。神経細胞の中にねじれた繊維を見つけて、こちらは「もつれ」と呼んだ。斑ともつれが脳細胞の正常な働きをさまたげている状態というのが、今日私たちの言うアルツハイマー病だ。

神経はつながろうとする（それが神経の目的だし、実際やっていることだ）けれど、斑ともつれは神経細胞が正常にメッセージを伝達するのを邪魔する。神経細胞間のスペースにたまった異常なたんぱく質のせいで、細胞は互いに信号を伝達し合えなくなってしまう。神経細胞はひたすら頑張って、頑張って、頑張ったすえ、停止する。ついには死んでしまうのだ。

アウグステ病と名付ければよかったのにと思う。アルツハイマー病だなんて。どうして？　その病気をわずらっていたのは彼女だったっていうのに。

1月5日

ママは読書会に行っている。そういうときにパパを書斎から引っ張り出すのは不可能だ。さっき、私はドアの下から薄切りソーセージの皿を滑りこませようかとさえ考えた。バナナ一房を手に見立てて、一本一本に指の爪を描いてみた。それから、果物かごのフルーツの並べ方を変更してレモンを頂上に鎮座させ、キーウィをその下に潜ませた。

一回だけ、パパがシャツを着ずに書斎から出てきて、自分でコーヒーをいれようとキッチンへ入ってきた。私は自分の乳首が父親ゆずりなのだとそのとき気づき、動揺した。

留守のあいだにピザを注文するようにと（クリスマス以来これで四、五度目）、ママから二十ドル札を二枚もらっていた。届いたピザのトッピングのソーセージは〈ハーイ！〉と読めるように並んでいた。あれはもしかしたら私の声に絶望が混じっているのに気づいて、お店の人が励ましのメッセージを送ろうとしてくれたのかもしれない。

ママが参加している女性限定読書会では、今、『アンナ・カレーニナ』が課題本だ。アンナの二度目の妊娠のあたりなので、ご婦人一同がここぞとばかりに自分の妊娠にまつわるエピソードを披露しているだろうと私は想像する。ママはそう、きっと、私のせいでお気に入りのジーンズが破けた話を得意げにしてるのだろう。

ママが買った雑誌の一つに、男性をつなぎとめておく方法という記事が載っていた。

・突然ショートヘアにして彼を驚かせないこと。
・彼を変えようとしないこと。
・じらしなさい。でも、やりすぎはだめ。

私は窓ガラスに映った自分の姿をふと見て、ショートヘアにびっくりさせられた。

久しぶりに思い出した出来事がある。昔、ある日の午後のこと、小学三年生だった私をパパが学校に迎えに来てくれたのだけど、駐車場で十羽くらいのひどく興奮した鳩が、だれかの車のフロントガラスとボンネットの上に集まっていた。近づいてみて、その理由がわかった。車内のダッシュボードの上に、フライドポテトがまきちらされていたのだ。しばらくのあいだ、私とパパはガラスを必死になってつつく鳩たちを見ていたけれど、やがてパパが言った。「行こう」

パパは私を一番近くのドライブスルーまで連れて行った。ミルクシェイクとフライドポテトを買い、さっきの駐車場まで戻り、そこで私たちはミルクシェイクを飲みながら、あの鳩たちにフライドポテトをふるまった。

ライナスが近況を知らせる電話をかけてくれるたび、私が決まって思い出したのがこのときのことだ。ライナスは電話で父親について話すとき決まって、あいつは嘘つきだ、呑んだくれだ、詐欺師だとののしった。私は黙って話を聞き、弟をなぐさめたけれど、そのあいだずっと思っていた。いいえ、そんなはずない。いいえ、誤解してるのよ。

ライナスの抱える問題は、パパへの怒りがずっとおさまらないことだ。姉弟でも五歳の年齢差があるせいで、ライナスにとっての状況は私とおなじじゃなかった。私が大学進学のために実家を出たとき、ライナスは中学二年生で、翌年にはパパは飲酒を再開してしまった。要するに、私たちが子どもだったときにはパパはお酒を我慢できていたのに、私が実家を出たら我慢できなくなったのだ。

真夜中に銃声を聞いた気がして、それから、テレビかなと思いなおしたところ、たしかにテレビからの音声だった。一階のテレビで刑事ドラマ〈ハワイファイブオー〉をやっていて、パパはなにやら湯気の立つものが入ったマグカップを抱えている。私は中身を尋ねた。クラッカーとお湯を入れて、クラッカー粥のようなものを作ったという返事だった。

「腹が減ったか？」とパパが訊いた。

「それのおかげで」と私は冗談を返した。

「ほら、この黄色い弓なりの果物をお食べ」とパパはバナナを房からはずしながら言った。

「バナナってことね」私はなるべく不安を押し隠して言った。

少し間があいてからパパが言った。「冗談だよ、お嬢さん」

私たちは何話もドラマを見つづけて、やがて数時間が過ぎ去った。

「もう一度、寝に行かない？」と私は言った。

「私はわざわざ寝に行かないんだ」とパパはいくらか怒ったように言った。「それでなくても、しょっちゅう寝ぼけてるからな」

「おやすみなさい、パパ」と私は言うだけにし、パパの言っていることはわかってるとつけくわえたりしなかった。私はパパの娘なんだから、わかるものなのだ。


私はふと思った。実家に残らないなんて、そんなことはできない。

「一年だけ」とママに言うつもり。

一年だけ、それ以上でもそれ以下でもなく。

1月6日

でも、まずはサンフランシスコにいったん戻らなきゃならない。辞表をまだ出してないし、アパートになにもかも置いたままだから。私は朝のうちに車で出発し、正午をかなりすぎたころにサンフランシスコに到着した。

最初の立ち寄り先は医療センターだ。カフェテリアでは、主任が覆いかぶさるようにして焼きそばを食べている。いつもながら主任というには若々しい見た目で、いつもながら疲れているみたい。主任は量の目安としてダイヤモンドを使うのが好きだ。一緒にお昼を食べるとき、主任は「ダイヤモンド一個分」と言い、私はその指示どおりに主任のハンバーガーにも自分のにもケチャップをかけていた。あれは嫌いじゃなかった。

去年のハロウィンに、たまたまおなじパーティーで出くわしたとき、私と主任はたまたまお似合いの仮装だったことがあった。主任はバーガーキングで、私はデイリークイーン。当時、私はジョエルとの婚約解消の痛手をまぎらわせてくれたフランクリンと別れたばかりで、ほろ酔いの勢いで主任に誘いをかけた。ガールフレンドともめている最中だった主任は誘いを拒まなかった。

「というわけで」と言いながら、私は主任の向かい側の席に腰を下ろす。「仕事辞めようと思います」

「こんな急に?」と主任は言い、歯を使ってタバスコの小袋を開けた。青天の霹靂のはずはない。仕事が好き（なかなかの腕利きだし）な私だけど、職場に不可欠だったことは一度もないから。

「こんな急に、です」と私は答えた。

主任はなにも言わずに、フォーチュン・クッキーを投げて寄こした。最初にクッキーを食べるべしというのが主任のこだわりだ。つまり、中のおみくじを読む前にクッキーを食べなきゃならない。主任の信念によれば、クッキーを食べておかないと占いが無効になるらしい。そのことは忘れてませんよと行動で示したくて、私はまずクッキーを食べた。

「《覚えているということは、理解しているということです》」と私は声に出して読んだ。「変な文章」なんの考えもなしにそう言い、すぐに後悔した。実は有名な偉人の言葉だったらどうしよう？だれもが知っている名言なのに、どういうわけか私だけがこれまで出合ってなかったとしたら？もしかしたらキリストの言葉かもしれないし、孔子かもしれない。

私は主任に、クリスティーナは元気にしてるか尋ねた。クリスティーナというのは主任の彼女の名前だ。ハロウィンのとき、主任は「当時、彼女ともめていた」けど、「当時の彼女ともめていた」わけじゃない。ハロウィンの思いがけない出来事のあとに二人がよりを戻したときには、主任も私もほっとした。

「一緒に住む家を探してるところ」と主任は言う。「月極契約でね。彼女が一年契約にサインするのは不安だって」

「一年契約ってそんなにまずいんですか？」と私は言った。

「先に僕がそう口を滑らせて」

「じゃあ、こう言ってみたらどうです？　まず、『結婚しよう』って言って、少し間を置いてから『冗談だよ！　一年契約にサインしよう』とか。『子どもを五人作ろう。まずは一年契約にサインだ』とか」

「一緒に僕の実家に引っ越そう。家賃の節約になるから」主任は私のノリに付き合って言った。

「で、とりあえず一年契約にサインして」

「韓国から養子をもらいません？」

「僕と一緒に心中しない？」

「だめ？　それなら、一年契約でどうです？」

「来年にはこっちに？」と主任は訊いた。

「来年にはこっちに、です」と言って私はうなずいた。


アパートの出窓から差しこんでくる光はきれいなはずなのに、ただ床に積もったほこりを照らすのがせいぜいだ。私はそもそもここに越してきてから、身を入れて荷ほどきしていなかった。このアパートに愛着を感じるはずがない。

スーツケースに詰めこめるだけの服を詰め、残りの服は慈善団体に寄付しようとゴミ袋に投げ入れる。荷物を段ボールに詰め、さらに二個詰めたところで、ちっとも進展が感じられなくて、残りは全部捨てることにした。

たとえば、勉強机の上にある古いアーモンド入りの壜。私はかすかに湾曲した親指サイズのアーモンドを集めるのが好きだ。湾曲したアーモンドだけじゃなく、先がとがらずに、普通の涙形とちがって丸いボタン形になったアーモンドも好き。変わり種のアーモンド。

私ったらなんて変人なんだろう。壜のふたを開けて、口の中にできるだけたくさんの変わり種を詰めこんでいった。かび臭いし、噛むと口の中が痛い。挙げ句にしゃっくりが出る。

たとえば、私じゃなくてジョエルが気に入った映画の半券、ジョエルの車の鍵のスペア、夜中の飛行機に乗った翌朝、空港のドラッグストアで疲れ隠しにと買ったマスカラのレシート（ジョエルが迎えに来るからだったけど、余計ひどい顔になった）、一度だけ二人で決めたルールを破り、ベッドで一緒に食べたリンゴの種。


こんなふうに、二人の思い出の品をずっと取っておくなんて、どうかしてる。まるでズボンの中に象を一頭押しこもうとしてるみたい。


どうせもう二度と弾くことはないと思い、ギターを歩道の端に置いた。床を掃き、モップをかける。だれかがギターを手にして、サイモン&ガーファンクルの曲をつまびきはじめる。

ドアベルが鳴った。ドアを開けると医師のマクシーン・グルームズが立っていた。家具の処分を手伝いに来てくれたのだ。

「こんなふうに、さよならだなんて」グルームズは悲しそうに言った。

「さびしくなる」と私は言い、彼女をぎゅっと抱きしめた。


グルームズとこんな間柄になったのは、破局まであと一週間という時期、ジョエルとの喧嘩のあとに大泣きしていた私が彼女の不意をつき、自分自身の不意までついてしまったときからだ。あのころ、私とグルームズはいつも互いに愛想よく接していたけど、そのときまでに交わした言葉はほんの二言、三言だったはず。

〈この人と共通の話題なんてある？〉というのが、きっとあのころの二人が互いに思っていたことにちがいない。

グルームズは私より十歳年上だ。医師用の白衣を着て、かなり高さのあるハイヒールを履き、高級な眼鏡をかけて、補色を意識した完璧に似合う口紅をつけている。いつだって隙のない身だしなみで、いつだってすごくいい香りがする。患者たちにとっては、心からの崇拝の的だ。

あのとき、私たちは二人とも勤務中で、私が障害者用トイレの前で待っていたところ、中からグルームズが出てきた。悲しげで、トマトなみに真っ赤な顔をしていた私を、そのまま放っておくこともできただろうに、グルームズはそうしなかった。トイレの外で私によりそって、ためらいがちに数回、背中をさすってくれた。

こうなったら友達にならないほうがおかしい。

今夜は二人で〈エミーズ・スパゲッティ・シャック〉に行き、最後の夕食をともにした。私がお金を出したのは、こちらに責任があるからだ。私の落ち度だから、私たちが友達になったのは。

そんなふうに私は思ってしまうことがある。この友情について責任があるのはだれだろうって。

スパゲッティを平らげ、ワインを呑みほしてから、二人して千鳥足《ちどりあし》でマットレスを歩道の端まで引きずっていった。一分もしないうちに、ビュイックに乗った男がマットレスを回収していく様子を見物できた。男はマットレスを車のルーフに押しあげて（縛るとか、固定するとかはなにもなしで）、あっという間に走り去った。

四年前、グルームズは結婚し、二年半前、彼女の夫はバリスタのもとへ、グルームズより若いけれど、きれいでもなく賢くもない女のもとへ走り、去年になって正式に離婚した。

「でも、今ではね」トイレ前で泣く私を見つけたときグルームズは言ってくれた。「朝日が覚めたとき、あんな悲惨なことは一つも起きなかったように思える日もあるのよ」

「あなたは医者でしょ」と私は言った。「こういうときはどんな処方箋を出すの？」

最悪な気分になりすぎないように、というのがグルームズのアドバイスの要点だった。お酒は必ず二杯半でやめておくこと。どんなにささやかでもいいから、良かった出来事のリストを作ること。

私は言われたことをすべてやった。ほんと、どんなことだってやっただろう。

夜、出かける前には、忘れないように、手の甲に〈2・5〉と油性ペンで書いていた。

ノートを一冊買って、リストを作りはじめた。

・古着屋で買ったジーンズの後ろポケットに十ドル札が一枚入っていた。

・オウムみたいな形の葉っぱを見つけた。

・女の人が腕を頭上にぐいっと伸ばし、満足げに伸びをしているところを目撃した。

「あなたに見せるつもりはなかったんだけど」私の部屋でグルームズが言いだす。「そういうジンクスがあるから。でも、これは本当に、本当に素晴らしいことなの」財布から写真を一枚引っ張り出す。それは今、グルームズが養子縁組を進めている赤ん坊だそうだ。小型のミシュランマンそっくりの男の子。名前はケヴィン。

私はふと、グルームズに尋ねる。「ジョエルにさよならを言ったほうがいい？」「ジョエルにさよならはもう言ったでしょ」とグルームズは言う。ちょっと怒っている。まるで、〈どうしたのよ、なにも学ばなかったわけ？〉と言っているみたいだ。友人のおめでたい報告を蹴散らしたみたいで、私は恥ずかしかった。

私たちはさよならを言った。というか、私はさよならを言い、グルームズは愛情のこもった、不満の声をもらした。

私はライナスが住んでいるサンタクルーズまで、あえて前もって電話せずに車を走らせた。ちょうど大学の学期と学期のあいだの時期だから、弟が家にいることはわかっている。それはつまり、弟は学位論文を書こうとしながらも、図書館で借りてきたＤＶＤを再生し、そういうＤＶＤにつきものの再生エラー部分を飛ばしては悪態をついている最中ということだ。

車を停めたちょうどそのとき、郵便受けのところに立っている弟を見つけた。弟もこちらをじっと見つめ返してくる。ガラスコップの底の向こうにあるなにかに、目の焦点を合わせようとしているかのよう。

私はウインドウを下げた。「乗ってく?」

「いや」とライナスは間髪入れずに答えた。「お気遣いどうも」

「私に手を差しのべないの? あの家にいるのよ。あの人たちと一緒に」

弟は手に持った郵便物をしげしげと眺めた。

十年前、ライナスが高校一年生で、私が実家を出て大学生活をしていた時期、私たちの父親は大学の同僚の女性教授と男女の関係になった。相手は物理学の教授だった。関係が半年つづいたところで(そんなに用意周到な関係じゃなかったから)ママが勘づき、その後、パパの謝罪があったり、二人で夫婦カウンセリングに通ったりしたことがあったのだ。女性教授は去り、それで話は終わり。

両親は私に、この件をまったく打ち明けてくれなかった。電話の向こうの二人はいつだって当たり障りのない話しかしなかった。騒動について教えてくれたのはライナスだ。両親の関係がどれだけ緊迫していたか、ママがどれだけみじめな様子だったか、どれほど打ちひしがれていたか。ライナスはもちろん、ママに味方した。一連の騒動にはほんとに驚かされた。ううん、いまだに驚いている。

とにかく問題なのは、ライナスは私とちがったふうに今の状況を見てるってこと。

アパートに入ると、たたまれた清潔な洗濯物がソファの上に整然と積みあがっていた。ライナスがそれをよそに移す。

弟の恋人のリタは客室乗務員をしている。しょっちゅう家を空けているし、今は留守みたい。

「アラスカだよ」と、訊かれてもいないのにライナスが答える。これまた頼んでもないうちに、弟はビールを差し出し、機内サービス用のプレッツェルやピーナッツの小袋を開けて、手早くスナックの盛り合わせをボウルにこしらえた。

私のためにシーツと機内用の枕でベッドメイキングをし、毛布も持ってきてくれた。弟が薬品用戸棚を開けると、そこにはデオドラント剤のサンプルと買い置きの歯ブラシがあり、旅行用の平たい乾燥スポンジまで入っていた。これはスーツケースの空いたスペースに詰めるためのもので、濡らせば膨張するらしい。なんでも好きに使ってと弟は言い、私はその言葉に心が温かくなった。

「パパの調子は?」ようやくライナスが言いだした。ビールを三本呑んだあとのことだ。図書館のDVD『カッコーの巣の上で』がかかっている。ライナスは丸めた靴下でお手玉をしながら、私に尋ねる。ライナスにとっては尋ねるだけでも難しいことだと、姉である私にはわかっている。ずばり訊けないからこその靴下なのだ。弟が奮い起こした勇気に見合うだけの素晴らしい答えを返したかったけど、私が絞り出せたのは「元気よ」だけ。これでもライナスには私の言わんとすることがわかる。つまり、パパは相変わらず強情な人で、助けを受け入れようとしていない。

映画が終わると、チャンネルを変えた。あるチャンネルでは、女が自分の持ち物に埋もれていた。捨てられないガラクタの入った段ボール箱が家のいたるところにあり、長く伸びた猫が一匹いる。

「家にちょっと寄れない?」と私はようやく言った。

「ここが僕の家だ」というのが弟の返事だった。

それから、私たちは二人のあいだに沈黙が流れるままにした。それでも居心地は悪くない。ライナスはプレッツェルとピーナッツでボウルをまた満たす。

いつのまにやら、二人とも眠りこんだ。たたんだ洗濯物の合間に埋もれる子どもたち。

1月7日

朝、ライナスがいれてくれたコーヒーで魔法瓶を満たして、姉弟で海岸まで出かけたところ、空は灰色、海も灰色、まるで新聞紙に包まれた気分になった。カモメたちがギャアギャアと鳴き、中でも威勢のいいのが何羽か近寄ってきて、突き刺すような視線をこちらに向ける。ジャック・ニコルソンそっくりだ。

「それでも、私たちにとっては父親なんだし」と私は言った。

「知るかよ」と弟は言った。

弟はさよならのしるしとしてピーナッツの小袋をくれた。私は車で五号線を走りながら、ウインドウをほとんどずっと下ろしっぱなしにし、グルームズにいつも忠告されているとおりに深呼吸しようとした。でも、鼻に入ってくるのはハンバーガーの香りか、ハンバーガーになる前の牛の香りだけ。これぞアメリカ！

車の中は物だらけだ。バックミラーを見てもなにも見えなくて、いらいらしてくる。私は急に西へ、一〇一号線へとハンドルを切った。

車を何度も路肩に寄せる。虹色の傘の下にいた男からオレンジを一袋買う。数マイル進んだところで、別の男から今度はレモンを買う。ムーンストーンビーチでは石をポケットに入れていると、フランス語なまりのカップルが声をかけてきて、手はちゃんと動くか（自制心がある、という意味もある）と訊かれた。

「あんまり」と私は答えたけれど、それでも彼らは私にカメラを渡した。

トラックが一台、クジラみたいにすごく巨大な風力タービンを運んでいく。

別のトラックは黒ずくめの車体に、〈もっとエンダイブ（チコリに似た味の生食用野菜）を食べて〉と書いてある。このトラックは道の片側に寄って、私の車に先をゆずってくれた。通りすぎる私に向かって、ドライバーの男が小さく手をふる。

休憩所のお土産売り場で、私は先端にオレンジの形の消しゴムがついた鉛筆を一本買い、どうしてカリフォルニアは黄金の州と呼ばれるようになったのか店員に尋ねた。ゴールドラッシュのせい？　それとも日差しかオレンジのせい？

「店長に訊いてきます」と店員は言い、あわてて店の奥へ消えていった。私は答えを聞かずに、その場を離れた。

サンルイスオビスポまで来たところで、コーヒーを買おうと思って、シェブロンのガソリンスタンドに車を停めた。さっきのエンダイブ運搬トラックもそこに停まっていて、ドライバーの男は外に出て、歩道の縁石に腰かけ、ワックスペーパーに包まれたアップルパイを食べている。うねった白髪まじりの髪。着ているのはハーレーダビッドソンのTシャツだ。

私はコーヒーを一口すすったとたん、歩道に吐きだした。これでも、コーヒーに求める水準はものすごく低いつもり。ということは、つまり、この液体はありえないレベルってことになる。

「警告しようと思ってたんだが」と男はアップルパイを食べおえてから言った。

それから小瓶を投げて寄こした。小瓶には、〈五時間分のエネルギーと驚くほどのビタミンBが入っています〉と書いてある。男によると、これを飲むと頭の中に太陽が昇るような感覚が訪れるらしい。

「面白そう」と私は言った。

「そうさ」と男は言った。「それを狙ってる」

以前の私は、見知らぬ人から飲み物をもらうのにためらいがあった。今は、そうでもない。私は男の隣の縁石に腰を下ろした。

「連中はぶっ飛んだ野菜でね」とドライバーの男はエンダイブについて語った。「暗闇の中で育てるんだぜ」男はエンダイブを、〈オン、ディーブ〉と発音した。

このガソリンスタンドの外にもまたカップルがいて、ゴミ箱のそばに立っていた。女のほうは豊満な体つきで、男のほうは定規みたいに細く、どちらも四十代か五十代前半。二人でひそひそと話をしている。男は女のほうに体を傾けていて、互いのお腹だけがふれあっている。

「野菜ジョーク」とドライバーの男が言いだした。「今じゃ、これぐらいしか特技がなくて」

「どういうこと？」と私は訊いた。

男はカップルのほうを指さした。「ロメインチックだよな？（ロメインレタスとロマンチックをかけている）」

男は私の空になったエナジードリンクの小瓶を、彼自身の空の小瓶を持った手で取りあげた。すると、クリスマスにジョエルの家族と一緒に行った教会での出来事が思い出された。聖餐式のあと、ジョエルはキリストの血としてのワインが入っていた小さなプラスチックカップを手に取り、私のカップの上に重ねた。そのとき、ジョエルに手を軽くなでられて、私はある種の一体感を覚えたのだ。

男がボトルを捨てに立ちあがったとき、そこで初めて私は彼のTシャツの背に書かれた文字を読んだ。〈あんたがこれを読んでるってことは、後ろの女が落ちたんだ〉

「俺はバイク好きでね」男はふりかえり、私が背中のプリントに目をとめたのに気づくと言った。

「仕事はなにを?」

「超音波を操作するの」と私は言った。「検査で」

「クジラを研究するのって、どんな感じ?」人にはよくこう訊かれる。

「超音波検査よ」私はたいていもう一度言うしかない。「医療用。クジラのコミュニケーションじゃなくて」

「あいつらってみんなが言うみたいに、本当に友好的なの?」と、それでも相手はかまわず話しつづけるのだ。

反響定位について少しだけ本を読んだから、こんな質問にだって私は対処できる。「クジラは友好的なの?」という問いへの答えは「たいていはね」だ。クジラの頭部にある〈メロン〉と呼ばれる脂肪組織は、反響定位のときに重要な役割を果たす。

でも、ドライバーの男はこう言っただけ。「いいね」と。

男はどことなく私の父親に似ている。おなじくらいの年齢かもしれない。煙草をくわえてふかしながら、ジャンパーの内ポケットを両手でまさぐった。それから、私に小さな冊子のようなものをくれた。冊子の表紙には、陰気な顔つきをした彼自身の写真が載っていて、その上に〈カールの料理〉と書いてある。開いてみると、レシピ集だった。最初のレシピは、エンダイブをボートに見立てたサラダだ。

「タイにはこういう伝統があるって人から聞いてね。死ぬ前にやるべきことは、料理本の制作なんだそうだ。そうしておけば、葬式の終わりに参列者全員がこの記念品を持っていってくれる。で、帰り道のどこかでこれを開けるだろ、ほら」カールは適当にページを開いた。

「たとえば、夕食にマスの包み焼きを作りたいと思ったとする。ほら、ラッキーなことに、ちょうどここにレシピが載っている。これで、マスの包み焼きが作れて、おまけに古いお友達カールのことも懐かしめる」

「素敵な伝統」と私は言った。

私は冊子を返そうとしたけれど、カールは私の手を押し戻した。

「これはきみに」

「だけどあなたは、ほら、生きてるでしょ」と私は言った。

「きみも俺もいつか死ぬってことは、否定のしようがない」

カールは立ちあがった。

「きみの前に俺だといいがね」

私たちは握手を交わした。

「会えてよかった」とカールは言った。

脂肪分の一番低いナッツはピスタチオだとのたまう看板や、にっこり笑うサクランボのイラストが描かれた〈メリー・チェリー〉の売店の前を、車で通りすぎる。やがて畑は砂漠にとってかわられ、ヴァレンシアに入ると砂漠はジェットコースターにとってかわられ、ロサンゼルスを前にして山地になった。

高地は日が陰っていて、静かで、カリフォルニア規準からすると長い歴史のある地域だ。晴れた日には、つまりほとんど一年中紺碧《こんぺき》の空が広がり、ロサンゼルス郡で一番高いボールディー山を有するサンガブリエル山脈がそびえている。完璧なポストカードの写真みたいな風景だ。水槽の背後の壁に貼られるポスターにそっくり、と子どものころの私は思っていた。

いや、ちょっとちがうかな。以前の私は、ほかならぬこの山脈の写真がありとあらゆる水槽の背景に貼られていると思いこんでいたのだ。ほかの山の場合もあると気づくころには、恥ずかしくなるほどの歳月が経っていた。

実家のある通りまで来ると、よそよそしいような、慣れ親しんだような匂いが漂ってきた。木になっているグレープフルーツはどれも飾りみたい。頭の中には太陽が沈むような感覚が来て、頭の外では通りを進むにつれて太陽が高く昇る。五時間分のエネルギーの切れ方としては悪くない。家の前の路面には轢《ひ》かれたリスの死体があって、昨日今日の事故じゃないのか、つぶれたクッキーみたいになっている。

「ルース」とママが言う。ママはピンク色の家の前に延びる、照明のついた私道で私を出迎えてくれた。私ときたら、実家がこんな色だったことを忘れていた。カットされた、熟したグアバの果肉の色だ。

「ただいま、ママ」と私は言う。

「爪先がすごく冷たい」とママは言う。「猛烈な寒波ね。今年はきっとオレンジがならないわ」

1月8日

今朝、ママは仕事に出かける前に、洗濯機と乾燥機についてレクチャーしてくれた。

「こうやって、蹴ってちょうだい」と言うや、ママは洗濯物を詰めこんだ洗濯機を始動させるために、思い切りよく蹴りを一発入れた。

「そのうち、こっちの乾燥機のほうのコツを教えてあげるわね」

どうやら乾燥機は、回りはするものの、温まらないままらしい。

ママは去年、高校教師を定年退職し、今は臨時教員をしている。私が卒業した小学校で、三年生を担当するバイヤーズ先生の穴を埋めている。バイヤーズ先生はスキー事故で片脚を折って休職中だ。ちょうど幻覚剤を摂取していたときの事故で、パトロール隊が最終的に発見したのは、先生が雪に倒れこんで作った天使形のくぼみの中だった。そのときの先生は〈オン・トップ・オブ・オールド・スモーキー〉という古いフォークソングを歌っていたそうだ。

パパは日がな一日、書斎から出ようとしない。私は教育テレビを見ている。たとえば、ギリシア風サラダとチキン・ポットパイの作り方とか、かっこ悪い茶色のテーブルを黒く塗って、家の価値を上げる方法とか。かっこ悪い黒いテーブルについては、かっこ悪い茶色いテーブルよりもまだましだと、あとあとわかるらしい。それから私は面倒がってだれも古紙回収に出さなかった古新聞をめくって、心臓弁の交換法が進歩したとか、ＤＮＡ鑑定により無実の罪を晴らした囚人たちのことだとか、知っている著名人や知らない著名人の死亡記事を読んだ。ボニーはなにをしてるかなと思い、メッセージを送ってみた。返信として送られてきたのは、亀みたいな形に整えられた彼女のまとめ髪の写真だった。

裏庭には、材木の山がある。パパが作る作ると長年言いつづけてきたテラスの屋根の材料だ。桜の木から下がっている鳥のえさ入れは、意外なことにからっぽだった。私と弟が小さかったころは、ママがいつもえさでいっぱいにしていた。評判の呑み屋みたいに、いつも常連を引きつけていたのに。

ときどき、えさ入れに食事をしに来た鳥がいないか、裏庭を見に行く。

ときどき、お風呂に入る。シャツを脱ぐとき、上半身裸の自分を鏡で確認する。私の乳首ってほんと、パパのにそっくりだ。

私は待つ。パパの機嫌が直るのを待つ。でも、鳥たちは決して戻ってこないし、パパの機嫌も決して直らない。

1月9日

パパが例のノートから、また一ページ見せてくれた。

先週、ビーチ・ボーイズのアルバムをかけてあげたら、今日、お前は間違った歌詞で歌っていた。お前の歌では、〈僕はこんな満ち潮《タイズ》に生まれるべき人間じゃなかったと思う〉だったので、私が「満ち潮じゃなくて、時代《タイムズ》だよ」と訂正してあげようとしたのだが、お前は言った。「でも、あの人たちはビーチ・ボーイズなんでしょ？」と。たしかに、とても鋭い指摘だ。

今日、お前はハリケーンとその目について尋ねた。ハリケーンが物を見るとどんな感じかなとお前は言った。ひどく心配そうに、「雨の中で鳥はどうしてるの？」とも訊いた。

実を言うと、私はこのときのことを覚えている。

「鳥たちは枝葉の下に縮こまるんだ」とパパが答えたことを覚えている。「羽毛は雨をはじくしね。鳥の水浴び用水盤のことは知ってるだろう？」それでも私が納得していないと見ると、パパは言った。「心配するな。鳥は雨なんて気にしない」

パパが答えてくれたにもかかわらず、自分の気持ちがおさまらなかったことも覚えている。それでもまだ、鳥たちのことが心配だった。私がさらに質問すると、パパはいらだった。

私が鳥の巣箱を作ろうとしたとき、手伝ってくれたのはママだった。材料はアイスキャンディーの棒だ。鳥は雨なんか気にしないものよ、でも選択肢があるのはいいことね、とママは言ってくれた。

葉のない桜の木から、空っぽのえさ入れをはずす。カーペットに落ちていたコインを拾って歩き、ポケットに入れる。その後、私はコインを出すのを忘れて、ズボンごと洗ってしまった。コインはぴかぴかになっていた。「パパ?」と書斎のドアに呼びかけると、返事はなかったけれど、それでもパパが中で動いている音が聞こえた。

1月10日

〈ようこそ〉と書かれたドアマットをふって、砂を落としながら考えた。こういうマットがあったために、「しょっちゅう人の家を訪ねて嫌われる」という意味の〈人のようこそをすりへらす〉という言い回しができたのだろうか? だれかの家を、ほかのだれかが頻繁に訪ねたら、この〈ようこそ〉という文字は実際に薄れるのだろうか? あと、これまでにドアマットの砂をふり落とした人たちは全員、こんな疑問を抱いたのかなとも思った。

まずは白い衣類だけで洗濯機を回し、衣類が乾燥機の中で無駄に回転しているあいだに、マグカップにお米のシリアルをおかわりした。まだ湿っている洗濯物をたたみ、さらにシリアルを食べ、今度は濃い色の衣類で洗濯機を回し、ときたまトイレの水が流れる音に耳を澄ました。ボニーに電話してみたところ、最近ヴィンスに洗濯をやらされると愚痴をこぼされた。

「それでね、ポケットのチェックもしてくれって言うのよ」とボニーは言う。「マリファナが入ってるかもしれないからって」

「彼って何歳だっけ？」

「二十五」とボニーはささやくように言った。


これがほんとに自分の悪いところだってわかってるんだけど、親友がおなじ種類のボートに、独身かつ無職という名のボートに乗っていると思うとほっとしてしまう。ボートっていうよりは小舟だけど。

お互いを決して見捨てないという暗黙のおきてで、私たちはこれまでやってきた。ボニーは私よりも早く胸がふくらんだけど、それでも二人一緒に初めてのビキニを着た。二人ともビキニの上に大きなTシャツを着て、ハンティントン・ビーチに行った。当時の私たちは十四歳。どちらも、相手より先にTシャツを脱ぐつもりはなかった。

そんなとき、ローラーブレードを履いた男が声をかけてきた。私たちをかわいいと言ってくれたので、そのときは私たちもどきどきしたけど、もっとずっとあとになって、男性というのは女性の外見にまごつき、相手がいったい何者なのかわからないとき――たとえば、相手がボニーみたいに半分アルメニア人とか、私みたいに半分中国人のとき、そういうことを言う傾向があると私たちは学んだ。ローラーブレードの男は私たちに一杯ずつラージサイズのレモネードを買ってくれた。男からレモネードを手渡されて、私たちははしゃぎながらお礼を言った。こういう形の優しさをもらうのが初めてだったから、すごく興奮していた。すると、男がポケットからコンドームを引っ張り出した。

男が尋ねた。「これがなにか知ってる？」

私とボニーは顔を見合わせ、男に目を戻し、うなずいた。

「使い方を教えてもらえる？」男はにやりと笑った。

私たちはレモネードを放りだした。そして逃げた。

＊

パパがキッチンまでバナナを取りに来て、バナナの皮に私が描いた爪の絵に気づいた。不意に、私の存在にも気づいたようだ。

パパは言う。「ルース」

私は言う。「パパ」

「私は元気だ」とパパは私に言う。

「わかってる」私はうなずく。

「私は元気だと言ったんだ」とパパはいらいらして再度言った。「家に帰ったらどうなんだ？」

あとになって、帰宅したママが書斎の閉じられたドアの前に立って言った。「ハワード、こんなことやめて」

「癇癪《かんしゃく》はよく見られる症状です」とラング先生が以前教えてくれた。「残念なことに、予測不可能ですがね。ほぼ正常に戻ったかと思うと、混乱した日々がつづいたりするんです」

「お腹はすいてない、アニー」と書斎の中から返事が聞こえる。

ママはドアの下からピザが一切れ載った皿をそっと入れながら、なにやら企んでいそうな目つきで私を見る。皿は引っ張りこまれて消えた。


ジョエルにふられたあと、サンフランシスコでひとりぼっちの夜をすごし、あれやこれやの心配事——糖尿病になったかなとか、塞栓症《そくせん》かもしれないとか——で眠れなくて、なおかつグルームズに電話して症状を話すには時間が遅すぎるときには、建物ががっかりしているかのようにため息をつく音に耳を澄ました。上の階に住んでいるデフォレストさんがベッドで寝がえりを打つ音も聞こえてきた。それから、サイレンの音、車のアラーム音、街の喧噪《けんそう》も。

それに引きかえ、ここは本当に、すごく静か。

1月12日

今日、男の人が電話をかけてきて、パパの助手のシオだと名乗った。少々お待ちくださいと私が言いかけたところで、シオは私の言葉をさえぎり、実は先生と話したいのではなく、あなたと話せないかと思って電話したんですと言った。

シオを含めた数人の院生がパパの授業を受けたがっているという話だった。本当の、単位が認められる授業にはならないけれど、先生はそのあたりについては知らなくても問題ない。どのみち、これまでもシオが大学事務局との雑事を引き受けていた。ほかの学生たちも事情をわかったうえで参加する。もちろん出席しても単位はもらえないが、参加希望者たちはそれでかまわない。先生はこれで教壇に立ちつづけることができるし、やるべきことがあって、なんというか、理性を失いつつあるということを忘れられるだろう。

「大学構内で、そうですね、週に一回の授業にしましょう」とシオは言った。「先生にはいつものように教壇に立ってもらいます。理事会に対しては、まあ、レヴィンとかお偉い人たちが知る必要はないでしょう」

「ちょっと待って。その提案って、父は授業をするけど……」私は頭をゆっくりと整理しながらつづけた。「ほんとじゃない授業ってこと？」

「ただし、ほんとじゃないという点を先生が知ることはありません」

「嘘をつくことになるわ」

「歴史学部の正当な授業とは言えないでしょうね」とシオは認めた。「でも、その点をのぞけば、これはまぎれもない授業です。先生が教え、僕らが学ぶ。先生は教えたがっている。それはだれの目にも明らかです」

「そうね」私は認めた。

「先生にとって満足のいく提案じゃないことはわかっていますが、どうか信じてください。本当に、僕らはみんな、先生の手助けをしたいんです」

シオの主張の根拠は、〈やったって損はない〉ということだ。

学生たちが単位にならない授業にわざわざ出たがる理由を私は尋ねた。

「僕らみんな、先生のことが好きだからですよ」とシオは言った。「あなたのお父さんは良い教師です。良い友でもあります」

もちろん、この言葉に驚くのも娘としてどうかと思うけど、ほんと驚いてしまった。

私にとっては、パパが良い教師だろうが悪い教師だろうが、どうでもよかった。脳裏に浮かぶのは、パパが私とボニーの子守りをしてくれていたあの日々――私たちがお出かけしたいとぐずっている横で、パパがだらだらと仕事に取り組んでいた昼下がりの時間だ。パパはいつもあと一章だけと言い、私たちのことなんかほとんど眼中になく、そうこうするうちに私たちは自分で勝手に楽しいことを見つけだした。私たちは外に出て、酸っぱい味のする野草を見つけて茎を噛んだ。大学にあるパパの研究室で散らかってない片隅に陣取り、ふらっと入ってきた学生たちが私たちにはちんぷんかんぷんなテーマで議論しているのを聞きながら、二人でトランプのエイトをしたりもした。たくさんの笑い声を聞いたことを覚えている。私も加わりたいと思ったことを覚えている。中学に行きはじめると、私は大学までパパにべったりとくっついていくことをやめた。家でライナスを見てていいぞと言われたからだ。やっとそのときが来た、と思ったっけ。

「僕らにとって、先生はとても大事な存在なんです」とシオは何度も言った。

それから、シオは自分の電話番号を控えておいてほしいと言った。私が番号を書きとめずに聞き流していたところ、シオは確認のために番号を復唱するようにと言い、できないとわかると「ふう！」とぼやいた。それで私は財布からレシートを引っ張りだし、あらためてそこにメモした。

1月16日

医療センターのロッカーに、つねにランニングシューズを一足置いていた。いつでも疲れたときに、つまりだいたい一日おきに、〈ファラフェル・プラネット〉で買ったコロッケ入りピタサンドを二、三個平らげてからケザール・スタジアムに向かい、ランニングでハイな状態になろうとしたものだ。うまくいったためしがなかったけど、私は決して諦めなかった。ハムスターになったつもりで走った。うまくいくと意識がもうろうとなったので、最善とは言えないにせよ、まあこれで良しとした。

実家では階段を昇り降りして、トラックの周回数みたいに階段の往復回数を数えている。

食べて。庭の椅子のひじ掛けの上でぴょんぴょん跳んでいるアオカケスに、私は必死で気持ちを伝えようとしている。あと四回跳ねれば、昨日私がゴマでいっぱいにしたえさ入れにたどり着くというところで、アオカケスは飛び去ってしまった。

葉がパリパリに乾ききったクリスマスツリーを、歩道まで運んだ。砂糖水でどのくらい長く生きのびさせられるか確かめた結果がこれだ。なかなかの健闘ぶりを見せたけれど、だれがどう見ても、ツリーはすでに天に召されている。

クイズ番組〈百人に聞きました〉で、質問の一つに「本物の木にまさる人工の木の利点は？」というのがあった。多かった答えの一つは、「臭いがない」だった。私って世間知らずだなあと、ますます感じてしまう。

1月19日

夕食はテイクアウトのエンチラーダとタマリンド・ソーダだ。昨日はフィレオフィッシュだった。おとといは、ロティサリー・チキン。こういった料理のほうがよほどアルミニウム製品を使っていそうだけど、それはママにとってどうでもいいみたい。疲れてるんだろう。

ママと私はリビングで、テレビの前に陣取り、健康情報番組でドクター・オズが女性のふくらはぎのサイズを測るのを見ながらエンチラーダを食べた。この数値で脳出血や肝臓の不具合のリスクがわかるんだよ、とドクター・オズは言う。

ママが自分のカーディガンの袖からぶら下がった黄色い紙きれについて言う。「グルーガン（銃の形をした接着器具）の暴発」って。

調子はどうなのと私が訊くと、ママは答える。「元気よ、それはもう」

私はママに話してみた。アルミニウムはケーキミックスにも、制汗剤にも、胃の制酸剤にも入っている。地球の地殻にだってアルミニウムは含まれている。

私がそれで伝えたかったのは、〈この一件で、自分を責めちゃだめ〉ってこと。

私がそれで伝えたかったのは、〈ママのせいじゃないから〉ってこと。

「セーターを着なさい」というのがママの返事だった。

私は開いたスーツケースの一番上に載せた服ばかり着ていて、ちっとも掘りすすめていなかった。

「あなたを見てると、こっちまで冷えてくる」とママは言った。

1月20日

「パパ、お願いだから」私は書斎のドアの前に座っている。

「家に帰れ」とパパは言う。これで二百回目だ。

トルティーヤをドアの下から滑らせる。私がジャムを塗って巻いたものだ。

私ったら一日中なにしてるんだろう？　自分でもわからない。浴室の排水口から箸一本で髪の毛をほじくり出したり、犬がクンクン鳴いているような音に耳を傾けていたら、そのうちリスが別のリスに話しかけている声だと判明したり、リビングの窓の向こうで、手術着の女の人が上品にタコスを食べながら歩いていくのをじっと見つめたり。

インターネットで、アルツハイマー病患者の介護者向けフォーラムの投稿文を読んだりもしている。スレッドのテーマはさまざま。政府の医療保障についてとか、大人向け紙おむつで一番いいブランドはどこかとか、お金を盗んだと言って最愛の人があなたを責めたらどうすればいいかとか。最後のテーマについての大多数の意見は、とにかく落ち着け、そして謝っておけ、だ。

別のサイトでは、一生の仕事を見つける方法についての投稿文を読んだ。大多数の意見はこうだ。

なんでもやってみろ！　それと、『パラシュート　世界最強の就職マニュアル』という本に載っているすべての質問に答えてみろ！

彼のほうは悲しんでないなんて、すごくずるいと思う――ジョエルは私との別れを嘆く時間をすごしてないなんて。ほんと、うんざりするほど腹が立つ。ずるくて、最低最悪。

「ねえ、ルース」ジョエルが冗談を言ったことがあった。「僕は名字を『レス』に変えて、きみと結婚するよ（結婚でルースがジョエルの姓になると、ルースレス〈冷酷な〉になるという冗談）」私はそもそも自分の名字を変える気なんてさらさらなかったから、そんな冗談を言うジョエルのことを笑ったんだっけ、たしか。

1月23日

レヴィンの電話番号と内線番号を大学のホームページで見つけた。電話してみる。

「もしもし？」と言うレヴィンの声はおっかなびっくりといったふうだった。きっと発信者表示の欄にパパの名前が出たのだろう。

私は自己紹介をして、言い訳を口にした。私のことを覚えてらっしゃるかわかりませんけど、と私は言う。最後にレヴィンと会ったとき、私は十二、三歳だった。つっけんどんな態度をとったことを覚えている――私だけがとりわけ礼儀知らずだったわけじゃないけど、とにかくそういう態度をとったのは事実だ。

ハワード・ヤングの娘ですと私が念押しすると、レヴィンは渋々ながら、お父さんの調子はいかがですかと訊いてきた。

私は彼に言った。父はまったく良くなっていません！　実はその件でお電話したんです！　今学期はすでにはじまっているらしいですけど、父が復職する道はありませんか？

できるかぎり礼儀正しく言ったつもりだ。声のトーンだって高くしてみた。

私がこちらの事情を話しおえてから、長い沈黙があった。

「申し訳ないが、それはできかねますね」と学部長は答えた。

「試用期間を設けていただけませんか？」私はほがらかに言った。

「無理です」

「でも、なぜ無理なんです？」と私は食いさがった。

二十秒ぐらいの時が流れる。

「ヤングさん」レヴィンはきっぱりと言った。「ご存じのように、あなたのお父さんは具合が良くない。この決定は関係者全員の安全を考慮に入れたうえでのものです。これではっきり伝わるといいんですが」レヴィンはここで少し間を置いた。「もしも彼を大学構内で見かけたら、私は警察に通報しなければなりません」

レヴィンとパパはいつだってライバル関係にあったけど、いつだって互いへの誠意がある間柄だった。何年も前に、パパの念願だった昇進をレヴィンが奪い取ったとき、レヴィンに自分の命運を握られたことで、パパがどうしてあれだけ怒ったのかわかった気がする。レヴィンのきざったらしい声を聞いていると、私だって虫唾《むしず》が走る。

私はシオに電話をかけ、負けを認めた。そうはっきり言ったわけじゃないけど。

1月24日

朝の五時ごろ、まだ両親が寝ているあいだに、ドーナツショップまで車を走らせた。すでに客が二人並んでいた。一人はスパンコールをちりばめた丈の短いワンピース姿の大柄な女性で、クルーラーを買っていき、もう一人は背の高い、もじゃもじゃ頭の男で、見たところは三十代、両手をズボンのポケットに突っこんでいる。私に気づくと、男は片手を引き抜き、ぎこちなく手をかすかにふった。そうこうするうちにポケットから財布が落ちてしまい、男は決まり悪そうにしゃがみ、拾いあげた。

「ルース？」と男は勇気をふるって言った。

「シオね」と私は言った。

シオにどのドーナツがほしいか訊かれたので、私はアイシングがかかってるやつと答えた。シオはレジへと進んで、アイシングされたドーナツを数個、同数のドーナツの穴、それからコーヒーを二杯買ってきた。私たちはお店の真ん中にあるテーブルの席についた。まるで窓際だとだれかに見られるのが心配だとでもいうように。

シオと話して、月曜日に授業をすることになった。なぜなら、われらが宿敵レヴィンは毎週月曜には大学構内にいないから。でも、まずは適当な教室を見つけなきゃならない。歴史学部の建物は朝から晩まで授業がぎっしりと詰まっているのだ。

「僕から先生に、学部の方針が変わって、教鞭を執っていただくことになりましたって伝えておこう」シオはそう言いながら、左手でコーヒーにほんの微量のクリームを注いだ。人差し指と親指のあいだにある小さな傷跡に、私は目をとめた。色が薄くて光沢がある。それから、手の甲にも少なくとも四本の筋状の傷跡が走っていることに気づいた。

「うちの猫にやられて」とシオが言った。私ときたら、視線をそらすのがとても下手くそなのだ。

「十歳のときに。ところで、僕から先生に、登録した学生のリストを送っておくから」

「登録した学生って、どういう人たち?」

「以前の教え子たちだよ。先生の公民権運動の授業に出ていた院生たち」

「研究室はどうする?」

「変更になって一時的に使えないから、僕のところを使ってくださいって言うつもり」

「あなたはどこへ?」

「僕は友達のジョーンのところに間借りだ」とシオは言う。「一学期だけのことだし、大した問題じゃない」

シオはドーナツの穴を噛んでいる。「穴の部分を買うべきだと思うんだ。だって、ドーナツは穴の部分をくり抜かれるだろう? ベーグルの穴は生地を伸ばすことで作られるのに。ドーナツの穴を買わないのって悪いことみたいな気がする」

ドーナツがすべてなくなったあと、シオは見るからに、なにかを言うべきか否か決めかねているようだった。私は自分の空っぽになったコーヒーカップから一口すすろうとした。

「先生はこういうメールを何通も送ってた」とシオが言いだした。

それは学長にあてた、レヴィンを解雇すべしという内容のメールだった。レヴィンの欠点がいくつもの一覧表になっている。学長はこうした不満の訴えのいくつかについて取りあげることもあったらしい。

なるほど、これではレヴィンがご機嫌ななめなのも無理はない。

その件はさておいても、パパへの無数の苦情があったのは事実だった。事態は悪化の一途をたどった。パパは日付を勘違いし、木曜日の授業と思って金曜日に現れ、水曜日の授業と思って月曜日に現れた。パパは名前を忘れ、試験を忘れ、成績評価を忘れた。学生たちは教室で待ちぼうけ。

「なかなかの仕事ぶり」と私は言った。

「なかなかの仕事ぶり」とシオも言った。

「ねえ」と言って、私は尋ねた。「私が実家に戻ってるって、どうやって知ったの？　ほら、あなたが電話くれたときの話だけど」

「先生はしょっちゅう、あなたの話をするから。クリスマスに戻ってくるって言って、それはもう喜んでたよ」私はまごついて、目をそらすしかなかった。

家に戻ると、携帯にシオの電話番号を登録し、暗号名をつけた。〈フィリップ〉と。番号をメモしておいたレシートは捨てた。それは何年も前のもので、ジョエルと一緒にカフェテリアで食べたミートボール・サンドイッチとコーラのレシートだ。あの日はジョエルの機嫌が良くて、おかげで私も少し救われたんだった。その日の朝、私はある女性に怒鳴りつけられていた。超音波検査の写真に、お腹の赤ちゃんの足が片方ないかのように写っていたからだ。

「あなた、正常だって言ってたじゃないの！」と女性は金切り声をあげた。見えづらい足を指さして教えようとしたのだけど、ちょっとだけ遅すぎた。その女性はすでに取りつく島がないほど悲嘆に暮れていた。

「この女をクビにして！」と女性は私のほうを憎々しげに指さして叫びながら検査室を飛び出していった。

同僚たちはあとになって、大変だったねとこの話を優しく笑いとばしてくれたし、この妊婦はそもそも悲劇のヒロイン気取りで有名な人だったし、そのうえ、ジョエルには「そんなこと、気にしないほうがいいよ」と言われたけれど、自分ではどうしようもなかった。とにかく、気にしてしまった。

1月26日

ナザリアン教授に電話をかけて計画を打ち明けると、教授は驚きもせず、それどころか興奮したようだった。ちょうど今度の月曜のゼミを延期したところだから、最初の授業には自分の教室を使っていいとまで言ってくれた。

「ボニーには会ったかい？」

「会いました」

「きみの声がまた聞けてうれしいよ」と教授は穏やかな声で言った。

「私もです」と私は言った。

1月30日

「あの人たち、気が変わったわけ？」というのが、結局パパが今学期も授業を受けもつことになったという知らせを聞いたママの反応だ。

ママはパパのワイシャツの袖にアイロンを押し当てている。アイロンの匂いって大好き。船が明るい川面を進んでいくみたいに、アイロンは袖を滑っていく。

少しのあいだ、ママは黙りこんだ。私のほうをちらっと見る。私はなんのことだかさっぱりわかりませんといった顔つきをした。不意に、ママはなにかを悟った。反対するまいと覚悟を決めたようだ。

「ルースを連れていって」とママは言った。

「仕事なんだぞ、アニー」パパは私の視線を避けながら言った。

ママはなんだかおかしな目でパパを見つめている。そこにあるのは、哀れみかなと思うけど……もしかしたら軽蔑ってこともありえる。二秒ほどでそれは消えた。

「お願いよ、ハワード」ママはパパの腕にふれた。「この子にもきっと勉強になると思うの」

「手伝えるのか？」パパはあやしむように訊いた。

「これでもアシスタントの仕事してたんだから」と私は言った。「なんなりとお申し付けください」

私はパパに向かって敬礼してみせた。

渋々ながらパパは任務をくれた。まず、大学の図書館に教科書が必要な数あることを確認せよ。本の形で入手できない資料は、コピーして綴《と》じておけ。

「うまくできるか？」とパパは訊いた。できますとも、と私は答えた。

2月2日

パパと私は車で大学に向かった。パパはアイロンがけされたシャツを着て、光沢のあるネクタイを締めている。昔のパパは樹木の種類をよく教えてくれた。今日、パパは一本の木を指さし、期待するような目で私を見る。

「トキワガシ」と私は言いあてた。

パパはつぎの木を指さす。サルスベリだ。タイザンボクも見えるし、私のお気に入りで、こぶだらけで、柳みたいに葉が垂れているコショウボクもある。

二つの例外をのぞけば、カリフォルニアに自生の木なんてものはない。教師らしい口調になって、パパはそう話す。おかげさまで私もそれぐらいとっくに知っている。カリフォルニアの木はすべて、かつて注意深く選ばれてから植えられ、あの手この手でなだめすかされながらここで育ってきたものばかり。

例外はセコイアだ。もう一つの例外はブリッスルコーン・パインで、これは世界最古の樹木。どういうわけだかカリフォルニアのビショップに生えている。一番古い木は樹齢五千年近くで、その位置は森林局により秘密にされている。ビショップ近郊だと言われているけど、だれもそれ以上のことは知らない。私たちは信用されていないってこと。

パパの駐車許可証は期限が切れているので、車は来訪者スペースに停めた。

「早速、仕事だ」とパパは言い、許可証のステッカーをはがすと私に投げて寄こした。「これを更新しておいてくれ」

「調べておく」と私は嘘をついた。

私たちはナザリアン教授の教室に集まった。会議用テーブルの周りに座ったのは、学生八人だ。教室は狭く、前のほうに粉まみれの黒板があり、頭上に蛍光灯の照明がついている。パパは学生一人一人に名前で呼びかけてあいさつし、それから私を紹介して、今学期のあいだ手伝いをしてもらうと言った。学生はみんな、パパのことをハワードと呼んでいた。

*

パパは学生たちに説明をはじめた。

この講座はヨーロッパとの接触以前から現代までのカリフォルニアの歴史を扱う。具体的には、カリフォルニアへのスペイン人の到来、牛の皮や獣脂の交易、アメリカ・メキシコ戦争、ゴールドラッシュ、鉄道の敷設、サンフランシスコ地震、水の重要性（ハリウッドの隆盛とセントフランシス・ダムの決壊）についての講座だ。

カリフォルニアの環境の多様性と、豊富な（見かけのうえでは無尽蔵な）天然資源についても簡単にふれる予定だ。そのほか、移民、農業などにも。私は授業計画のコピーを配った。

実のところ、私は大学を卒業していない。二年先輩だったジョエルが、コネチカット州の医科大学から入学許可をもらった。そして遠距離恋愛で一年をすごしたあたりで、きみがいないのがつらすぎる、とジョエルに言われ、私はそれを真に受けて行動したのだ。

お愛想ですぐに舞いあがる、というのが私の悪いところだ。まあ、それだけじゃないけど。

そういうわけで、大学卒業まであと七か月の身でありながら中退を決意した。成績だってすごく良かったのに。

コネチカットでは、アウトレットの布地店で布地を切る仕事を見つけた。母親たちがわが子のハロウィンの仮装を手作りするために布を買いに行くタイプの店だ。作るのが爬虫類だろうとパワーレンジャーだろうと、どの布を買ったらいいか今でも教えられる。その仕事を半年間つづけたあと、準学士課程に入学した。それから、ジョエルが研修医として勤めることになって、一緒にサンフランシスコに引っ越し、そこの医療センターで二人とも職を得たのだ。

自分ではまんざらでもなかった。これが運命だと思っていた。将来の幸福な人生へ向かっての回り道なんだと思って、ほんとにまんざらでもなかった。なんてロマンチックなんだろうって。

授業のあとも、教室の外に学生たちが残っていた。眼のがんにかかった牛を食べても大丈夫だという話を読んだとだれかが言う。別のだれかが、シカゴではマイナス十二度にまで気温が下がり、クジャクが松の木の上で凍死したと言う。上空を複葉機が飛んでいく。沈む太陽へ、西へ向けて。

「シオ、私の娘だ」とパパが私を紹介する。

ドーナツショップのときとおなじしわくちゃのシャツを着たシオは、片手をさっと差し出しながら、「はじめまして」とすごく落ち着いた口調で言った。私たちは初対面ぶった握手をした。

中庭を横切っていくのはナザリアン教授で、どこかへ急いでいるところみたいだけど、持っているブリーフケースのせいか体が傾いている。こちらに手をふってくれた。

この大学では噴水が大事にされている。ボニーと私も子どものころは噴水の力を信じてたから、十セント硬貨や二十五セント硬貨を持っていたら必ず投げ入れていた。食後に願い事をかけて鳥の骨《ウイッシュボーン》の引っ張り合いをするみたいに、二股になった松葉を引っぱり合ったりもした。あんなにたくさんの願い事をどうやって考えつけたのか、今の私にはわからないし、当時の願い事を一つも思い出せない。それにしても、あのときの私たちはいったいなにを望んでいたのだろう?

私たちは願い事をこっそり教え合ったりしなかった。そんなことをしたら叶わなくなりそうで怖かったから。でも、今になって私はふと思う。もしも当時、互いに打ち明けていたら、今でも願い事を覚えていられただろうに。つまり、いつか思い出すのを半分手伝ってもらうために、互いがいたのかもしれないな。

夏の午後になると、私のパパかボニーのパパが保育所に迎えに来て、午後の授業で後ろの席に座らせてくれた。私たちは二時間ずっとこそこそおしゃべりしたり、体をもぞもぞ動かしたりした。そんなに暑くない日には学生たちと一緒になって芝生に寝転がった。あの学生たちは、私たちを教授のうちの不思議な少女たちだと言って面白がってくれた。今でも覚えている。雲が出ている日には学生たちは、雲の形がなにに見えるか私たちに言わせようとした。毎回、学生たちはがっかりしていたと思う。私には、雲はスクランブルエッグにしか見えなかった。

「綿あめ」ボニーのひねり出した答えはうけなかった。

「牛ひき肉?」と私は言ってみたが、やっぱり学生たちは喜んでくれなかった。

「もっとほかにあるんじゃないかな?」と学生たちはしつこく繰り返した。

パパとママは娘が医大を卒業しなかったとは夢にも思っていないだろう。私はほんの小さな嘘をついただけ。卒業式なんてばかばかしくて、贅沢《ぜいたく》なだけよ、娘が歩くのを見るためだけにわざわざ飛んでくることはない、と二人に伝えた。卒業証書は郵送で送られてくるとも言っておいた。パパとママにとっては娘の話を疑う理由なんてないから、卒業式に出席したいとは言わなかった。だって、私がそれはもう熱心に二人を説き伏せたから。

将来についてはは想像しないようにしている。もしも大学を卒業していたら、あんなことやこんなこと、そのほかいろいろやれただろうとか。まるで、きりがないからなるべくプレイしないようにしているゲームみたいなものだ。どのみちなるようにしかならない。ほかに選択肢はないし。

それにしても大学中退だなんて、私はどれだけ大ばかだったんだろう。大ばかで、間抜けで、あとなにがあるっけ？

2月5日

キッチンの調理台の上に、ノートのページが一枚だけ置いてある。


今日、お前はトウモロコシを鼻の穴に詰め、私に穴掘りをさせた。

今日、泳ぎ方を教えていたら、お前はプールの深さを尋ねた。四フィート（約一・二メートル）と答えたところ、お前は疑り深い顔つきになって言った。それってだれの足《フィート》？

今日、私たちはママのお友達の家での夕食に招かれた。お行儀よくしなさいと言われすぎたせいか、お前は食事の席で言った。「おかわりはいりません。すごくまずいです。ありがとうございます」

今日は私の誕生日だ。何歳なのとお前に訊かれた。三十五歳だと答えたところ、お前は心底仰天したようだった。一歳からはじめたのかと訊かれた。それから、お前はこうも質問した。いつ私たちは死ぬの？

今日、お前は唐突にこんなことを言った。「良い死体《コープス》、悪い死体《コープス》」（「良い警官（コップ）、悪い警官（コップ）」という尋問時のテクニックの聞き間違い）

2月7日

ハイランドパークにあるヴィンスの煉瓦造りの小さな家で、ボニーと私は小さな黒いソファに寝そべっている。これまでに私がヴィンスと一緒にすごした回数は、片手で数えられる。今回が四回目だ。ボニーがこの三年間デートしてる男ヴィンスは日焼けして引き締まった体つきをしていて、新聞のたぐいは読まず、足のある食べ物はなんにせよ口にしない。ヴィンスは人と話しながら目薬をさすことがある。私はいつからか、友人の彼氏についてとやかく言うのはやめにした。だって、私には関係ないもの。でも、ボニーでさえもヴィンスの滑稽さには気づいている。

ヴィンスの愛犬のボストン・テリアが、カーペットの上で転がるプリングルズの容器を追いかけていく。ヴィンスがキッチンで料理をしながら私たちに言う。「そり引き犬ってのは、うんちしたくなったら、なにも考えずにするんだ。ほかの犬たちはかまわずその犬をずるずる引きずっていく。そのあいだも、うんちがぽろぽろ落ちていくってさ！」少ししてから、ヴィンスがキッチンから炒め物を運んできた。

「これ、おいしい」と私たちは言う。

「中国人の子と付き合ったことが二回あるんだ」とヴィンスは言い、誇らしげにほほえむ。

2月8日

朝、ボニーのうちからジョン叔父さんの家まで出向く。叔父さんは筋金入りの独身貴族みたいに、私が十代のころからテハチャピにある地所でずっと暮らしている。ライフル射撃場があり、飾りの派手な小さな鯉池には上品かつ健康そうな魚の群れがいる。叔父さんはうれしそうに高級パンを魚たちにやる。安物のパンは厳禁。

敷地に着いてみると、叔父さんのゴルフ・カートがいつもの場所にないので、私は射撃場のほうに歩いていった。叔父さんはそこでスイカにニコちゃんマークを銃痕で描いていた。叔父さんは私を見ても、すぐには銃を置かなかった。射撃が終わってから、私は近づいていく。銃痕がつながって、怒った眉毛をニコちゃんマークに追加していた。

パッド入りのベストを渡され、私も数発撃たせてもらった。叔父さんが発射したクレーを撃つと、おかしな音がした。叔父さんはリュックに手を入れて、硬くなったビスケットみたいな代物を出してきた。

「生分解性クレーだ」と叔父さんは言った。「これで大もうけしてやる」

昼食は叔父さんが作ってくれた。サバを塩に埋めてアルミホイルで包み、焼いたものだ。くし切りにしたレモンもオーブンで焼いた。私たちは魚に、焦げ目のついたレモンを絞った。

十一歳か十二歳のとき、キャンプ旅行に行ったことを覚えている。あのとき、ジョン叔父さんはみんなで釣ったマスを、ライナスと私のために焚火《たきび》で調理してくれた。桃を缶詰から直接食べたりもした。あんなにおいしいものはそれまでに一度も食べたことがなかったし、これからもないだろう。そう思えるほど絶品だった。

「アルミホイル」と私は言いだす。「アルミホイルについての注意書きは受け取った?」

「お前の母親はどうかしてる」と叔父さんは言い返す。

ママがチートスを一から作ったときのことを覚えてるか叔父さんに尋ねた。当時、私は九歳か十歳で、チートスに目がなかった。ママはベーカーズフィールドにあるフリトレー社の工場まで、車で二時間あまりかけて連れていってくれた。ヘアネットをかぶり、靴カバーを履き、工場内を見学した。見学ツアーのおしまいに試食させてもらったできたてのチートスは、くぐり抜けた製造工程での熱でまだ温かかった。この旅行から数週間後、ママは本当に感動的なチートス——チーズ味の粉がかかった、ごつごつした形のスナック菓子を作りあげることに成功した。

「お前の母親はどうかしてる」と叔父さんはもう一度言った。「だが、最高だ」

2月9日

今週の授業についての計画はこうだ。シオの仲間で、化学の授業を受けもっている博士課程の院生が、二週間の休暇を取るらしい。その教室が空いているのだ。パパへの言い訳としては、先週の教室は改装中ということにした。

「かなり古かったからな」とパパもうなずいて言った。

大学へ出発する前に、私の携帯が鳴った。画面に出た発信者名はフィリップだ。私はあわてて浴室に駆けこんだ。

「おはよう、フィリップ」と私はとっさに言った。

「へ？」

「あなたの暗号名よ」と私はささやき声で言った。

「そっか。ええっと……やあ、ネッド」とシオは言い返した。

「ネッド？」

「駐車場でレヴィンの車を見かけた」とシオは言った。「絶対じゃないけど、そうだと思う。だから、ここは万が一にも危険をおかさないように、来訪者スペースに駐車しないでもらえるかな？あと、教養学部棟のところは通らないほうがよさそうだね」

私はパパに、夕食を〈セニョール・アミーゴズ〉で食べようと持ちかけた。大学からはわずか一ブロックの距離だし、北西の位置――レヴィンのオフィスは南西――にあるし、私は車をレストランの駐車場に停めておける。

私たちのテーブルの担当になったウェイトレスは十代の子だった。彼女は頭にかぶったソンブレロのつばを少し持ちあげて、パパを見た。

「ヤング先生！」とウェイトレスは甲高い声で言った。

「レイラです。よろしくね！」これは私へのあいさつだ。

レイラは今学期の大学について語ってくれた。これまでのところすごく退屈で、先生の講座を思い出しては懐かしくなるとかなんとか。それから太っ腹なことにアボカドのディップをこっそり持ってきてくれて、「シーッ」とささやいて去っていった。

食事のあとは教室まできびきびと歩いていった。小雨が降っていたので私の傘にパパも入ってもらい、私は傘を低く持ち、急ぎ足で進んだ。

私たちはつぎのようなことをパパから習っている。たとえば、〈カリフォルニア〉という名前の由来は、十六世紀にスペインで流行した恋愛小説だ。この小説の中のカリフォルニアには男はいなくて、アマゾン族という、全員美しくて頑強な肉体の持ち主である戦士たちが住んでいる女だけの土地だ。

スペイン人の探検家たちが、十六世紀から十八世紀にかけて本物のカリフォルニアに入ったとき、小説の中の土地にそっくりだとは思わなかったようだ。なにしろ、とりたてて高価な天然資源があるわけではなく、少なくともスペイン人の興味を引く資源は皆無ときてる。あるのは木と山とかすみと霧ばかりで、故郷に書き送るべきことなんてなに一つない。でも、とりあえず、スペイン人たちはそのあたりに居着くことにした。

授業の終わる五分前にシオはトイレに立ち、状況を確認しに行った。そしてレヴィンの車がなぜかまだ駐車場にあるというメッセージを、私に送ってきた。でも、レヴィンはオフィスにはいない。要するに、どこに現れるか予測しようがないってことだ。

シオから私たち全員に、新しい作戦が送信されてきた。背が高い学生たちにパパを車まで送らせて、それでレヴィンの目を避けるというものだ。シオ自身が片側を担当し、もう一方を百八十九センチあるジェイクが歩く。私は偵察しながら前を行くことになる。

「だけど、ルースは顔を知られてるから、むしろまずくないか？」とだれかがメッセージを書いた。

「サングラスかなにか持ってる?」とシオが私あてに書いてきた。

〈セニョール・アミーゴズ〉の駐車場は車でいっぱいになっていたけれど、私は目ざとくレヴィンを見つけ出した。レヴィンは銀色のトヨタ・カムリにもたれかかり、テイクアウト用カップからなにか飲みながら携帯を見ている。気もそぞろな様子で、こちらのほうは見ていない。

シオがパパの体に腕を回すようにし、私たちは足取りを速めた。レヴィンは〈セニョール・アミーゴズ〉のドアをちらりと見てから、腕時計を見て、また携帯を見る。私たちはパパをうまく車に乗せた。

私はまだサングラスをかけたままだ。駐車場から出ていく私たちにレヴィンが気づいたようだけど、はっきりとはわからない。私の心臓は激しく打っている。

*

家までの車中、パパはしゃべりどおしだった。幸せそうに計画を練っている。今月中に本を一冊書きあげたいとか、春には学術会議にいくつか出るのもいいかもしれないとか。

「すごくいいと思う」と私はできるだけ本心から出た言葉らしく言った。

2月10日

昨夜の夢の中で私は高校の幾何のクラスにいた。そこには教室で飼われているペットがいた。甲高い声で正答を言うカナリアだ。得意なのは平方根。ある生徒がこのカナリアをやりこめようとして、二万八千五百六十一の平方根を尋ねた。するとカナリアは自信たっぷりに、百六十九とさえずった。

朝、目覚めて、私は感心した。そのカナリアにではなく、数学ができる自分の潜在意識に。

パパはもう書斎にこもって、仕事中だ。パンをひとかたまり、部屋に持ちこんでいる。とはいえ、ドアは完全には閉まってなくて、わずかに開いたままになっているので、私の心にかすかな希望が芽生えた。

冷蔵庫の中をのぞいてみた。広口容器に入ったグアバ・ジャムと、しなびて固くなった生姜《しょうが》がある。食料貯蔵室の奥の奥には、リングイネが一箱、固くなった黒砂糖の箱、賞味期限が二年すぎたアーモンドの袋が一つある。

私はインターネットの検索エンジンに〈人が餓死するまでどのくらいかかる？〉と打ちこみ、出てきた答えにちょっと励まされた。三週間から七十日程度だそうだ。私はジャムの容器に残っていたものを平らげた。

＊

以前走っていた高校の陸上競技場へと向かった。カナリアがうろちょろしてないかなと半ば期待していた。願ってさえいた。もちろん、いるわけもない。黄色い鳥は一羽もいないし、そもそも鳥がいない。でも、そこには私が教わった体育教師がいた。グラウンドでなにか捜している。落としたイアリングを捜してるとか言っている。

先生の外見は昔のままで、白髪が増えただけ。髪型だって変わっていない。短めに切った髪を小さなおさげにしている。眉間にしわが寄っている。私のことがだれだか思い出せないみたいだ。私は四つんばいになって捜索に加わったけど、グラウンドはとても広く、イアリングは影も形もない。するど、女子の陸上チームがピチピチのショートパンツとポニーテールという格好で、観覧席から下りてきた。

「緑色よ」と先生は生徒たちに言う。「翡翠《ひすい》なの」

女の子たちは砂場まで下りていく。ゆうに二十分はすぎたところで、女の子の一人がイアリングを見つけ、掲げてみせる。ポップコーン一粒ほどの大きさだ。

私はトラックを六周、二キロメートル走る。女子高校生たちは美しいダチョウみたいに私を抜き去っていく。私は二周目ですでにぜいぜいあえいでいる。

「いったい、どうしたの?」かつての私の体育教師が言う。私は背を丸めながら息を整え、なにか食べておけばよかったと悔やむ。「どうしたの?」と先生がもう一度言い、私は背筋を伸ばす。なにも言わずに、先生を置いてゆっくりと走り去って行く。

「ちょっと!」と先生は私に呼びかける。この人はほんと、最低の教師だった。「ちょっと、あなたに話してるのよ!」

それでも私は走りつづけ、ふり返ろうともしない。

＊

帰り道、食料品店に寄り、にんにくを一玉とトマトの缶詰を買った。もちろん缶詰はママに禁じられてるけど、私は反抗的な気分だったし、どのみちママにはばれない。

ママはほとんどなんでも捨てていたけど、ガラス製のオーブン皿はまだ残っていた。もっと安全な調理器具を探しているところ、とママは言っていた。私はオーブン皿にトマトを広げ、塩とオイル、黒砂糖、薄く切ったにんにく、べとついたプラスチック製の容器に入っていた古い乾燥オレガノをふりかけた。

トマトをオーブンで焼いているあいだに、トマトの缶を水ですすぎ、そのまま缶で湯を沸かす。小さな缶でパスタを一束ゆでる。食料貯蔵室のアーモンドをこんがり焼き、にんにくとトマトとハーブに混ぜ合わせる。すると、あら不思議。パスタとソースが姿を現し、本物の食事にそっくりなもののできあがり。私は二人分の食器を用意する。二階に上がり、ドアを叩いて呼びかける。「パパ？」

返事はなし。私は思う。お願い、パパ、お願い、お願い。それでも反応はなし。

私は驚きもせずに回れ右をしたけど、それでもがっかりした。そのとき、あらゆる予想をくつがえして、書斎のドアが開いた。あらゆる予想をくつがえしたパパは、私につづいて階段を下り、食器がセットされたテーブルについた。パパはパスタを食べた。最初のうち、私はあぜんとするあまり食べられなかった。自分の幸運がほとんど信じられなかった。

お前の目から見て今回の講座はどうだ、とパパが尋ねてきた。学生たちは楽しんでいるみたいだし、私もそうよ、と私は答えた。たくさん学ばせてもらってる、とも。これを聞いてパパは喜んだ。皿とフォークを二人分洗ってくれて、私の肩をそっと叩くと、二階に戻っていった。

なんていう大事件！　しばらくのあいだうっとりしていたけど、ふと我に返って、ママがゴミ箱の中の空き缶に気づくかもしれないと思った。私はゴミの中から空き缶を掘り出し、ビニール袋に入れて公園まで持っていき、まるで犬の糞《ふん》の袋みたいにゴミ入れに放りこんできた。それでも、公園までの道を往復するあいだ、私はご機嫌だった。

こうして私は自分の幸福を微調整することで、パパにもお裾分けしてあげられた。一晩中、いい気分だった。

2月11日

庭先の郵便受けまで、郵便物を取りに行こうかな。

いや、やっぱり行かないでおく。

私は郵便サービス全般が怖い。たとえば、土曜日に手紙を投函《とうかん》すると、休日のあいだになくなりそうで心配になるとかいう、そんな恐れだ。でも、もっと突っ込んだことを言うと、郵便受けのところに立っているときに、郵便配達人に出くわすんじゃないかという不安が大きい。つまり、配達人が郵便受けに郵便物を入れているちょうどそのときに出くわしてしまい、ぶざまにそこで待たされるかもしれないという不安だ。

こんな恐怖に根拠がないってことはわかってる。サンフランシスコで私の地区を担当していた郵便配達人は、立派な人だった。彼は、女性の顔からサングラスをもぎ取った男を捕まえたことがあった。泥棒は四ブロックも走ったけど、配達人はそいつに飛びついて、女性にサングラスを無傷で返してあげたのだ。


鍋やフライパンを使わない料理法を紹介する動画を、インターネットでいくつか見た。たとえば火の中に直接、卵を入れてしまうとか。

別の動画では、かごに水を入れて、焼いた石をその中に入れるというネイティブ・アメリカン方式が紹介されていた。さらにほかの動画もクリックしてみた。オレンジからロウソクを作る方法。缶切りを使わずに缶を開ける方法（でも、駐車場は必要）。ケチャップの瓶のふたをゆるめておき、標的にされた人の食べ物をケチャップまみれにしてしまおうという悪ふざけ動画もあった。

動画を見はじめたのは昼間だったのに、今、どういうわけだかもう夜だ。


声を大にして言いたい。ピザを、これ以上食べるのは、無理！

アルツハイマー病情報交換サイトで知ったのだけど、アブラナ科の野菜は記憶の喪失を防ぐ効果があるらしい。

「《カリフラワー、キャベツ、クレソン、ブロッコリー、チンゲンサイ》」と私はママに読んであげる。

「知ってるわ、ルース」とママが言う。

「《こうした野菜を日に三盛り、つまり二百グラム食べると、認知症ならびに認知機能の低下のリスクを下げるのに著しい効果があります。果物についての研究では結論は出ませんでした》」

「アブラナ科?」

「そう書いてある。あと、クルミ、ベリー類全般、それと葉酸」

「興味深いわね」とママは言いながら、雑誌から目を上げない。

「あなたが料理するのに反対はしませんよ」とママはとうとう言いだす。「だけど、私自身はちょっと小休止してるところ」

私はインターネットで鍋とフライパンを注文した。ステンレス製だ。

2月14日

ドラッグストアに、パパの処方薬や洗濯洗剤を買いに行って、今日がバレンタインデーだと気づいた。夕方の六時だ。書類かばんを持った男性が、ハート形の箱に入ったチョコが積まれた売り場に立ち、ラベルを読んでいる。別の男性はバレンタイン・カード売り場にいる。また別の男性はバラの造花を一本一本いじり回し、どれにするか決められずにいる。

私は洗濯洗剤を買うたびに、石鹸《せっけん》だらけになった海のこと、絶滅しつつある魚たちに思いをはせてしまう。正確にはそうじゃないとわかっているけど、地球上に今ある水しか、今後私たちが使える水はないっていう考えは正しいでしょ？

夕食に、ローズマリー風味のラムチョップを作った。ローズマリーは〈記憶力に効くハーブ〉だと読んだので、ラム肉にふりかけ、マッシュポテトにもまぜこんだ。でも、大量に入れすぎて、ほんと、おいしくなかった。せっかく向上した記憶力でこんな失敗を記憶することになるんだ。そう私は気づいた。

2月16日

化学の講師が休暇二週目ということで、私たちは先週の教室をまた使うことにした。

私は授業前にテニスをしよう、とパパが乗らずにいられない挑発をした。「絶対にパパを息切れさせてみせるから」

「それは見込みちがいだな」パパは案の定、そう言った。

もちろんパパのほうが正しい。だって、かつては私を背中に乗せて腕立て伏せしていた人なのだ。だけど、大事なのはそこじゃない。大事なのは、車をレヴィンの目が届かない場所に無事に駐めることだ。そうは言っても、私はなんとしてもパパに勝ちたかった。

「再試合」と私は四回か五回言った。

パパは何度も何度も、私をあっさり負かした。

駐車場の車に近づいたとき、私は小さな長方形の紙に気づいた。違反切符だ。パパに悟られないようにと願いながら、さっとつかみ取ったけれど、見つかってしまった。

「なんだ、それは？」とパパが尋ねる。

「メニュー」と私は答える。

2月19日

今日お前が、赤ん坊はどこから来るのと尋ねたので、赤ん坊はショッピングセンターから来るんだと教えてあげた。ショッピングセンターのどこ？　と訊かれて、〈バーリントン・コート・ファクトリー〉という店だよと答えた。赤ん坊はとても高価なんだとも教えてあげた。そこの一番値の張るコートよりも値が張るほどだ、とも。こうして私たちは一番値の張るコートを探すゲームを考えついた。


このとき、ママがパパに向けた視線を私は覚えている。〈こんなこと教えて、本当にいいと思ってるの？〉と言うような眼差しだった。

「覚えていやしないよ、アニー」とパパは言い、私は思った。このことを覚えておかなくちゃ。将来、二人をびっくりさせてやるんだから。

2月20日

今日、パパがジョエルの話を蒸し返した。パパだって、ジョエルがもう私の婚約者じゃないってわかってるはず。忘れてるとき以外は。

ジョエルと私が最後に行った旅行は、海岸への小旅行だった。ジョエルはやたらと天気のことを気にしていた。紫外線の指数を調べて来ていたほどだ。その日の指数はいつになく高く、私たちは話し合うべきことについて切り出さないでいると、かなりひどいやけどをしそうだった。そんなことまで含めて、私たちのあいだはうまくいっていなかった。

私たちはピクニックをしようと、ハーフ・ムーン・ベイまで車を走らせた。黙ったままでサンドイッチを食べた。あのときの私たちはどちらも相手に気兼ねして行動していた。今はそう思いたい。つまり、私たちには満足のいく答えなんてないことはわかっていたから、そもそも質問しないことで互いに手間をはぶくことを選んでいたのだ。

波打ち際のほうに、黒い三つ編みのようなものが一本、カモメたちの興味を盛んに引きつけながら海中に引きずりこまれかけていた。よくわからないけど、これって私だけに起きることかな？つまり、私はけっこう頻繁に、外でつけ毛を見つけてしまう。たいていは歩道か車道のところで、硬貨なんかじゃなく、髪の毛が現れるのだ――ありえないほどしょっちゅう。ジョエルと一緒に海岸にいるときにドレッドヘアを見つけたのも、珍しいことではなかった。

「ドレッドヘアよ」と私は言い、指さした。

それから一週間後、二人の仲は終わった。私たちがともにすごした歳月の幕切れが、あれだった。

あのときのことで、もう一つ記憶していることがある。ペリカンが一羽、酔っ払いみたいにふらふらしながら、砂浜で笑っている赤ん坊の周りをぐるぐる歩いていた。日本語ではね、とジョエルが言いだした。「くちばし」っていうのは、口と箸を意味するんだ、と（実際には、「口端」が語源）。「口の箸」っていうより、「口のお玉」っぽいのに、というのが私の返事だった。帰りは、眠っているジョエルを乗せて、私が家まで車を走らせた。涙が止まらなかった。

ジョエルとのことはもう乗り越えた、間違いなく。だけど、時々、ちょっとした思いが、どこからともなく打ち寄せられてくる——難破船から出てきた時代がかったロウソク立てみたいに。

たとえば虫垂炎になって、手術後、ベッドでみじめに寝こんでいたあのときのこと。ジョエルが暇つぶしに、いろんなホテルの名刺の束を引っ張りだしてきた。それをトランプ代わりにセブンなどのカードゲームをしたり。ジョエルが片手で私の手を握り、もう一方の手で名刺の家を組み立てはじめたりもした。私のお腹の上に土台を作ったものだから、呼吸をなるべくするまいと必死になった。ぴくりとも動かないようにがんばったので、結局、倒壊を招いたのは私じゃなかった。

「運命の人に出会えたってわかるときはだな」とパパがもっともらしく言っている。「運命の人に出会えたってわかるもんだ」パパはすっかり忘れてるけど、ジョエルは私の心を打ち砕いたのだ。

「だけどね、パパ」と私は言わないわけにはいかなかった。

出会いは大学でのことだった。私はつぎの授業を待つあいだ、校舎の外に立っていた。サンドイッチを食べながら扇風機みたいにゆっくりと首をふり、風をうまく受けようとしていた。そうすれば顔からもサンドイッチからも、髪を吹きとばしてもらえると思って。中身がピーナッツバターとジャムだったから、髪がべったりとサンドイッチにはりつく危険があったのだ。

「道に迷った？」とジョエルが訊いてきたのも、もっともなことだった。それから、ジョエルはその晩のパーティーに誘ってきた。考えてみる、と私は答えた。最終的に私がパーティーに行ったのは、コインをはじいたせいだ――表なら行く、裏なら行かない。コインの表が出たので行ったけど、寮の部屋でジャムの壜をコップ代わりにウイスキーを一杯ひっかけてからだった。あのコインのせいで私は道を誤ったんだ。

別れたあとにジョエルに会ったのは二か月後、まったくの偶然だった。その日は日曜日で、私たちはどちらも〈ザ・マーケット・オン・マーケット〉で買い物中だった。私もジョエルも、透明のビニール袋に入ったニンジンを手にしていた。私はフランクリンという名前の整備士とデートする間柄になっていて、その彼はニンジンのケーキとデイヴィーという名の二歳の息子に目がなかった。当時はフランクリンとの二週目。結局、関係は一か月つづいた。

ジョエルが空いた手で押しているショッピングカートの中にはトマトが一個だけ入っていた。

「サラダに使うんだ」とジョエルは言った。

お互いに話すこともなく、私はよりによってこんなことを言いだした。「変な形のニンジンが大好物の犬がいるんだって」

「知らなかったよ」とジョエルは言い、それから沈黙を埋めるためにロをふたたび開いた。「猫はタマネギを食べられないってだれかが言ってた。食べたら死ぬって」

「あなた、ルースね」と女性が声をかけてきた。「会えてうれしいわ」

ジョエルはクリスティンという名のその女性を紹介した。

私は「こちらこそ」か、たぶん、「お目にかかれてよかった」か、あたりさわりのないことを言ったはずだけど、すごく違和感があった。


クリスティンのことはとっくに知っていた。オレゴン州のナンバープレートのついた彼女の車のことも知っていた。かつては私がジョエルと一緒に住んでいたアパートの外にその車があるのを、朝一番に確認しに行ったりしたものだ。見たくなんかないと自分に言い聞かせていたけど、実を言うとあの車が見たかった。そうでもなきゃ、機会があるたびに、とくに朝の仕事前にあの通りを歩き、かつて私たちが住んでいたあのアパートの前を通る必要がある、などと感じていたはずがない。きっと私の中のなにかが、あの車があそこにあることを確かめたかったのにちがいない。そして、車はいつもあった。

さよならを告げたとき、デイヴィーは大泣きした――二度と会えないことが、まるでわかったみたいに。フランクリンとの別れで、あれが一番きつかった。それでも、もう気がとがめないのは、あの子が今でも私のことを覚えているはずないから。

ジョエルの件で、ほかにもずるいと思うことを書いておく。〈壜のふた〉をゆるめたのは私だってこと。だから、ほかのだれかさんが彼を開けられたのだ。

2月23日

「上げて！　上げて！」エクササイズの女性インストラクターが、テレビの中から私たちのお尻に指示を出している。たまたま、ママの古いトレーニング・ウェアが私にぴったりだったので、私はママのレギンスとタンクトップ、そのうえサイズぴったりのスポーツブラを身につけた。タオル地のショッキングピンクのリストバンドもだ。ビデオテープを見るために、私は屋根裏からビデオデッキを掘り出してきた。私を産んだあと、ママは体形を元に戻すためにこのビデオを見たそうだけど、私にはとてもできない。当時、ママは二十五歳で、第一子を産み育てている時期だった。

私自身はいつのまにか三十歳になっていた。九歳、十三歳、二十一歳と、これまではあんなにはっきりと感じられたのに、三十歳については実感がない。

ビデオの女性インストラクターが、「走って、走って」と言い、私をその場で走らせる。それから、彼女は腕でできそうにもないことをつぎつぎとやらせようとする。

運動後、私は「速く、速く！」と声を出しながらトイレ掃除をし、パンケーキを「もっと強く、もっと強く！」と言いながらひっくり返す。

「どうして叫んでるの？」とママが訊いてきた。

2月24日

今夜の月はズッキーニの輪切りみたいに見える。格安のガソリンスタンドで給油していたとき、「ルース」と声をかけられた。別の給油機のところで、昔の友人レジーがこちらに向けて盛んに手をふっていた。見たとたん、彼だとわかった。昔とまったく変わっていなかったから。高校のとき、私たちはバンドを組んでいた。私はコーラスをしながらギターを弾いていた。練習はいつもレジーの家のガレージだった。バンドの名前は〈バンビ・ママ〉で、私たちのヒットソング、まあ、つまり、しょっちゅう演奏していた曲のタイトルは〈この世で最高のもの〉だ。歌詞は、〈この世で最高のもの／この世で最高なのは無料《フリー》のものだ／この世で最高なのはフリートス（「フリトス」はコーンチップスの商品名）だ〉というものだった。あのころは良かった。

ガソリンスタンドの売店に入ると、レジーは私にチョコレート菓子をおごってくれて、彼自身はカフェイン抜きのコーヒーを買い、二人してエアーポンプとウォーターポンプのそばの歩道の縁石に座りながら、互いの近況を報告し合った。レジーは一度よそに引っ越したけど、最近こっちに戻ってきたらしい。最初はニューヨークに住み、ついでマイアミに住んだ。この一年半は、私たちの卒業した高校で演劇を教えているそうだ。

駐車場になにか動物がいる。迷い犬みたいに見えるけど、どこかしらちがうような、おかしな感じ。その動物には、犬が持っているような奥ゆかしさがまるでない。ためらいも見えない。命令を出してほしがっているような様子でもない。

「コヨーテだ」とレジーが言った。「こいつら、日照りのせいで普段より向こう見ずになってる。水を探してるんだ」

レジーが「水」と口にしたとたん、そいつはまるで呼ばれたようにそばまでやって来た。まずレジーを見て、それから私を見つめる。頭上では、月が黄色いズッキーニっぽい光を投げかけている。レジーはポケットに手を入れ、小さくてピカピカしたものを引っ張りだした。ホイッスルだ。レジーが吹くと、ホイッスルは甲高い音を出した。それでもう充分。コヨーテは走り去った。

「ピューマにも効果がある」とレジーは言った。

レジーは手を差し出し、私が立つのを手伝ってくれた。私は彼の両腕の新しいタトゥーと、あごの見慣れない傷跡に気づいた。

レジーは私の車のそばまでついてきてくれた。警察署か市役所に行けば私もホイッスルをもらえるそうだ。

「無料《フリー》で?」私は訊いた。

「無料で。〈この世で最高のもの〉みたいに」レジーはにかっと笑いながら言った。「フ、フ、フリートスみたいに」

2月25日

午前三時、テレビの前でパパが、〈ロンコ・ショータイム・肉焼き器〉を売る発明家ロン・ポペイルに魅了されているところを見かけた。パパはソファで一緒にくつろいでいたパンのかたまりを横に押しやり、隣の座面をとんとんと叩いた。私は腰を下ろす。

二人でピーナッツバター・サンドイッチを作る。パパは自分の分を長方形に切り、私は三角形に切る。

幼いころ、私はしょっちゅう、パパにぶっきらぼうな口調で「今日はピーナッツバターとジャムのサンドイッチにして！」と言った。すると、パパは決まってこう答えた。「ちちんぷいぷい！さあ、これでお前はもう、ピーナッツ・ジャム・サンドイッチだ！」

私たちはテレビの中の、くるくる回転する丸鶏をうっとりと眺める。

「セットするだけで、あとはおまかせだ」とパパは穏やかに繰り返し言う。

「すごくお安いし」私は同意する。「たった四回の分割払いだし」

「私のクレジットカードを取ってきてくれ」とパパが言い、私たちはフリーダイヤルに注文の電話をする。

2月26日

私はふたたび、ここでの暮らしになじみつつある。ゴミ収集車。ユーカリの木の匂い。サンフランシスコとちがってサイレンの音がほとんど聞こえてこない、静かで寒い朝。今朝、塗り箸が歩道脇の側溝に一本、車道にもう一本転がっているのを見つけた。一ドル九十九セントで卵とソーセージの激安定食を出す食堂の外では、ウェイトレスがセブン‐イレブンのテイクアウト用の巨大コップに煙草の灰を落としている。一列に並ぶ道路上の円錐《コーン》を飛び越えている子どもが一人。馬のような身のこなしで散歩している大型犬グレートデーンの一団。

公園では女性が細身の犬に向かって、「お座り」と言っている。犬は一応屈むけど、決してお尻を地面につけようとしない。女性はもう一匹の犬にも「お座り」と言い、そっちもおなじ姿勢をとる。どうやら、それでオーケーみたい。

「どうしてだれも郵便物を取らないのよ?」大量の封書を抱えたママがそう言いながら、玄関からさっそうと入ってきた。

2月27日

電話の向こうのグルームズが、息子のケヴィンに最近、ジョン・ミルトンの叙事詩『失楽園』を読み聞かせているところだと話す。そうはいっても赤ん坊なものだから、さほど興味津々とはいかないらしい。結局、おでこにセロハンテープを貼ってあげたところ、見るからにケヴィンはテープのほうが気に入ったそうだ。

「あんまり厳しくしちゃだめよ」と私はアドバイスした。「まだ赤ちゃんだってこと忘れないで」

スーパーに行くと、大箱にジャガイモが入っていて、その上に〈掘りたて〉という大きなポップが掲げてある。ジャガイモは足ぐらいのサイズだ。

アボカドの上には、〈優しくふれてね〉と書いたポップが掲げてある。

女の人が、ジャンボ・マッシュルームをなでている。

「まあ、素敵！」女は見ず知らずの私に向かって言う。「あなたもこのマッシュルームのひだ、ごらんにならない？」この人、かわいらしすぎる。


それからオイル売り場で商品を見ていると、目ざとい従業員が寄ってきて、キャノーラ・オイルはアブラナからとれるんですよ、と教えてくれた。私って手助けが必要そうに見えるのかな？


帰宅すると、玄関前のドアステップに箱が二つ置いてあった。二つもだ。一つには、ヘチマがぎっしり詰まっている。色とりどりのヘチマスポンジ十二個。どうして届いたのか、訳がわからない。ピンク色のは全部もらう、とパパが言った。

もう一つの箱には、私もパパも買ったのを忘れていた〈肉焼き器〉が入っていた。

私はスーパーまで戻り、丸鶏を買ってきた。もう一度帰宅すると、私とパパは鶏を器械に入れた。セットはしたけど、それでほったらかしにはしない。私たちは鶏がぐるぐると回転するのを見つづける。

「ほんと、絶対に買うべきだから！」私はボニーに電話をかけ、興奮しすぎてかすれた声で言った。

2月28日

ちょっとしたことなんだけど、最近、私は人を許せるようになっている。以前の私はある種のお年寄りに対して、決めつけがすごく早かった。落ち葉掃除のときに、人がそばを通っても手を止めないようなお年寄りに対してだ。でも、ふと思った。もしかしたら、ああいう人たちは問題（礼儀作法を気にかけられなくなる病気とか）を抱えているのかもしれないんだから、こちらはもっと広い心で見るべきだって。

3月1日

夢を見た。夢の中の私はミダス王なのに、伝説とちがって、ふれたものは黄金ではなくてアルミニウムになる。私はなにをさわっても、アルミニウムに変化させてしまう。パパに抱きつくと、ジャジャーン！　パパはブリキ男に変身する。

「心はもう持ってる」とパパは悲しそうに言う。「その点は困ってない」

「じゃあ、なにが問題なの？」私はパパをじっと見つめながら尋ねる。パパの目の縁は赤さび色だ。

「いつも寒くて」とパパは言う。

3月2日

今週から、大学の外で授業をするようになった。というのも、レヴィンのスケジュールが不規則で、私たちはこれからも彼を避けつづけられる自信をなくしたからだ。シオは今週、毎日レヴィンを大学構内で見かけている。噂によると、家庭内がごたついていて、それで勤務時間外も長々と大学ですごしているそうだ。

私とシオとで、パパの頭にちょっとした考えを植えつけた。ロサンゼルスの水道について学んでいるのだから、現地調査をしに行くべきだ、と。自分の目で、足で確かめよ！

水道事業は一九〇八年にはじまった。シエラネバダ山脈からの雨水を、オーエンズ・バレーにある農地を迂回して流すためのものだ。議論の争点はいつも、だれがこの水を受け取るべきかということだった。オーエンズ・バレーか、はたまたロサンゼルスか？　セオドア・ルーズヴェルトはロサンゼルスの味方をすると表明した。農家の側はこの決定に納得がいかなかった。今でも、このときに農家の人たちがダイナマイトを仕掛けた水道管の一部を見ることができる。

照りつける日差しにもかかわらず、パパは楽しげに講義をした。学生たちは暑さにうだっていた。私は汗が胸の谷間に集まるので、かき出したくてたまらなかった。

「重そうだね」とシオは私のかばんを見てささやいた。

「重いの」と私はささやき返した。

シオはなにも言わずにかばんを私の肩からはずし、自分の肩にかけた。

3月4日

今日、通りの反対側に、巨大な胸筋をした男の人を見かけた。胸筋は、電子レンジにかけた直後のポップコーンの袋みたいに、ぱんぱんにふくれあがっていた。

自分とかけ離れた人を見かけるたびに、私は〈生まれた人間〉という表現を思い出す。

生まれた人間と胎児とでは、循環系がちがっている。胎児は体中に細い毛が生えているけど、生まれた人間にそこまでの毛はない。胎児は、呼吸に似ているものの実際には呼吸じゃないことをする――肺を発育させるための運動だ。最初の呼吸は産道から出たときにおこなわれて、そのときに全身の各器官系が劇的に変わるのだ。胎児から、生まれた人間へと。

私たちはみんな、生まれた人間だ。巨大な胸筋の男性を見て私は思う。おなじ働きをする循環器系を持っている同士だ。呼吸もするし、歩くし、本物の毛が生えている。ほら、私たちを見て。そうでしょ？

その後、野外市場に行くと、男二人がナツメヤシの実の試食をしているのを見かけた。

「くそっ」と片方の男が言い、咳きこんだ。「どうやら、俺はジャイアント・レーズンにアレルギーがあるらしい！」

「これはレーズンじゃない、スティーヴ」ともう一人の男が言った。「マジョール種のナツメヤシだ」

生まれた人間、と私は自分に言い聞かせた。

3月5日

パパがテラスの屋根を完成させると決意したので、私たちはホームセンターに行った。この計画は何年も前、私が高校生だったころに断念されたはずのものだ。『裏庭の建築物』なる題名の本の中に、パパが建てたがっているものの写真を見つけた。〈パーゴラ〉と本には書いてあり、料理のレシピみたいに、必要な材料のリストと手順まで載っている。私たちは二×四インチで切られたばかりの角材をショッピングカートに積みこみ、錆びたのこぎりの歯を取り換えるために新品を買った。レジのそばでは、年配の女性が山と積まれたオレンジ色のバケツから一個だけ引きはがそうと四苦八苦していた。パパが手を貸してあげた。

車のトランクからはみ出している木材に赤いバンダナを結びつけ、私たちはパトカーに停車を命じられませんようにと祈りながら帰った。

私のおじいちゃんは大工でもあり、屋根職人でもあったそうだ。

「なのに、私は高いところが苦手ときてる」とパパが打ち明けてくれた。

3月6日

今日、お前に、蛾が服を食べるところを見たことがあるかと訊かれたので、私は正直に答えた。ない、と。

今日、お前は、信じられないと言った。

今日、お前がモクレンの木に見とれていたので、モクレンというのは地球最古の植物の一つであり、花がとっても大きいのは、足に花粉をつけた甲虫を中に潜りこませるためなんだ、と教えてあげた。すると、お前は尋ねた。どうしてパパの話を信じなきゃならないの？　たしかに、あれは実に鋭い指摘だったな。

3月7日

弟のライナスが電話を寄こしたので、私はピーマンを片手で切るしかなく、ちっとも料理が進まない。ライナスは、夕食のメニューについてリタと言い争ったことを話している。なんでもいいと思ってないことはバレバレなのに、なんでもいいってリタは言ったんだ、と。

リタは今週バリ島から帰ってきた。一か月間、彼女はあそこでヨガをやったり、新鮮な果物のジュースを飲んだりしていた。三日前にこれまでになく元気そうになって帰宅したのだけど、今、二人は互いにぎこちなくなっている。ライナスが心配しているのは、リタが痩せたのとおなじだけ自分が太ってしまったことだ。二人は元の関係にうまく戻れなくて苦労している。

「話し合うべきことがたくさんあるんじゃないかって思うだろ？　ほら、積もる話があるって言うか。離れ離れだったときに起きたこととかさ」とライナスは言った。「だけど、俺がそういう質問をすると、リタはなんだかためらうんだ。なにを俺に話そうかって。それか、ものすごく簡潔にしか話してくれない」

「起きたことを話すのって、そんなに簡単じゃないのよ」と私は言った。「たとえばさ、昨日、あなたに起きた出来事はどう?」

「昨日の俺はガールフレンドと彼女の休暇について話し合おうとした。それが昨日の出来事だよ」

ここで間があいた。

「もしかして男との出会いがあったのかな?」とライナスが言う。

「考えすぎよ」と私は言った。励ますように、そして説得力があるように言ってみた。

「話題を変えよう」とライナスは言った。

私は弟に、今日読んだ記事について話した。科学者たちはネズミに偽の記憶を埋めこむ方法を開発したらしい。起きなかったこと――不快なことを、ネズミに光を使って記憶させることができたという。そのネズミは実際には起きなかった記憶を思い出し、恐怖の反応を示したのだ。

記憶は脳細胞の集まりの中にたくわえられて、私たちは思い出すときに、パズルのように脳細胞を組み合わせる。

数年前、科学者たちはネズミに既視感《デジャビュ》を与える方法を見つけた。ある場所にいたことがあるという感覚をネズミに持たせたのだ。

去年、科学者たちは試験管の中の脳の一片に記憶を埋めこむ方法を開発した。これについて、いや、どれについても私は思う。どうしてネズミが記憶を失わないでいられる方法を見つけてくれないの?　私たちにこれ以上の記憶は必要ない。得た記憶を管理しつづけるだけでも、大仕事なんだから。

「ネズミたちはその後、どうなったと思う?」と私は尋ねた。

「どこかで引退生活を楽しんでるといいけど」とライナスは言った。

「だれかにゴーダチーズもらったり、マッサージしてもらったりね」

「そう、それででっぷりと肥えて、幸せなんだ」

「ライナスからの電話?」ママがキッチンをのぞきこんで尋ねたので、私はうなずいた。「ちょっと代わってちょうだい」とママは言い、私の携帯を受け取った。

「ハーイ、元気?」ママの声を聞きながら、私はキッチンを出た。

3月9日

シオが自分の駐車許可証の写真を撮って送ってきてくれたので、コンピュータを使って、うちの分を一枚偽造してみた。文字の書体がちょっとちがうけど、割とそっくりにできたと思う。実際に駐車場で使えるほどの出来ではないにせよ、パパを落ち着かせられる程度にはそっくりだ。私はフロントガラスに偽造許可証を貼りつけた。

今日、私たちは講堂に集まった。パパの教え子であるハリーからの情報で、いつも私たちの授業とおなじ時間枠でプラトンを教えている哲学教師が、今日はインフルエンザで休みだと知ったからだ。講堂は笑っちゃうほど大きい。学生を百五十人収容できるほどの広さだ。私たち八人は一番前の二列におさまった。

今日、パパはゴールドラッシュについての講義をしている。カリフォルニアで育った人間なら小学五年生のときに学校で習うので、すでに知っている話だ。何万人もの男たちが一攫千金を夢見てやって来たとかなんとか。

子どものころ、遊園地〈ノッツ・ベリー・ファーム〉で、ばらまかれた砂金を探したりしたものだ。読んだ本の中では、ゴールドラッシュの時代、男たちは水が高価すぎるせいでやむをえずシャンパンで入浴し、女たちは探鉱者たちに洋梨の花の権利を売って、購入者の名札を枝にくくりつけた。月日が経ち、洋梨がなるかもしれないし、ならないかもしれないというシステムだ。当時は、あらゆることがギャンブルだった。たぶん、いまだにそうなんだと思う。

サンフランシスコでは毎日、仕事からの帰りに、通りの角にいつも立っているアジア人のおばあさんの前を通りかかった。おばあさんは顔のところでテーブルナプキンを持ち、その向こうでクスクス笑いながら、いないいないばあを見えないだれかとやっていた。あるとき、見知らぬ男が私のアパートのドアについている郵便物差し入れ口を押し開き、自分は天使だと言ってきたこともあった。そのとき、私は五ドル札しか持っていなかったので、それを男にあげた。

どうして、こうもおかしな人たちが大勢いるんだろう、そう思うのをやめたのはずいぶん昔のことだ。今ではもう、こんなにたくさん正気の人がいることのほうに驚かされている。

授業のあと、シオのアパートに寄ったのは、シオと二人で助手としての務めを果たすためだ。小論文の評点をコンピュータシステムに入力するから、とパパには説明しておいた。しかし、本当のところ私たちは宅配タイ料理のパッタイをほおばりながら、学生たちの小論文にパパが書きこんだ短いコメントを読んでいる。パパの言葉は手厳しいものの、思いのこもったものだ。学生たちの小論文も、長くて、よく調べられていて、真剣だ。こうした信じられないほど素敵な状況を前にして、私の目頭はちょっと熱くなった。

「病院で働いていたとき、患者にどういう感じで接していたの?」とシオが訊いてくる。

「でしゃばらなかったわ」と私は言う。「まるで照明みたいだった」

先日届いた大量のヘチマスポンジのことを話したところ、シオは首をふった。

「ときどき、宇宙の法則としか言えないような出来事ってあるよね。僕は以前、酸っぱいグミが大型段ボール箱いっぱいに送られてきたことがあった」

「送り返したんでしょ?」

「これについては気の利いた返答をするつもりはないよ」とシオは言う。

それから、シオは目を細め、クッキーの中のおみくじを見た。

「もしかして、遠視?」と私は尋ねる。

とたんに、シオは決まり悪そうにした。

代わりに、私がおみくじを読んであげる。「《あなたは毎年少しずつ肥えていくでしょう》」

シオはリュックから眼鏡を引っ張り出した。

ジョエルは私よりも視力が良くて、朝起きたとき、私に時刻を教えてくれていた。ときどき私は思う。私には見えなかった来たるべき事柄が、ジョエルには見えてたんだろうなって。

私が最後に超音波検査をした患者は、ルシールという名の女性だ。男の子を身ごもった五か月目の妊婦だった。私がほんの少し笑える冗談を言ったら、ルシールは検査台全体を濡らすほどのおもらしをしてしまった。

〈妊娠期の症状〉という言葉に、私はいつも違和感を抱いてきた。妊娠という言葉と症状という言葉がそぐわない。ヨガクラスの最初に、怪我か妊娠をしている人は手を挙げてとインストラクターが言ったことがあった。

「わかるわよね？」インストラクターは訳知り顔で言って、肩をすくめたっけ。

ラテン語の〈苦しむ者〉を語源とする〈患者〉という言葉にも、おなじ違和感がある。先日、病院で先生がパパのことを話すときに、「アルツハイマーの患者さん」と呼んだ。えっ、苦しむのが前提なの？　私はそう尋ねたくなった。

「おーい、聞こえるかい？」とシオが言う。「大丈夫？」

その後、帰宅したところで携帯が鳴った。グルームズだった。あいさつもそこそこに、電話の向こうで彼女は泣きだした。ケヴィンが「ばーか！」と言ったのだそうだ。生まれて初めての言葉がそれだなんて、最高にかっこいい。

3月10日

裏庭でパパが木材を切ったり、ぶつぶつ文句を言ったりしている。私はＤＶＤを返却しに図書館へと歩いていたところ、キックスケーターに乗った小さな子どもに金切り声で叫ばれた。「女の人！」って。私がそのことを忘れていそうだから言ってくれたんだろう。

　最近の私の趣味は、新しいヨガのポーズを考案することだ。たとえば、タマネギのポーズ。まずは真ん丸の体勢を取って、それから自分をむいていく。一枚一枚、手やら足やら。

3月11日

今晩はデザート作りに挑戦だ。作るのは、アイスクリームをメレンゲで包んでバーナーで焼くベイクド・アラスカ。理由はもちろん、壮大な名前だから！　どうやったらアラスカを焼《ベイク》けるっていうの？　挑戦しないわけにはいかないでしょ？

3月12日

私もどうにかなりかけてるみたい。本を図書館に返却するつもりだったのに、間違えて郵便ポストの中に放りこんでしまった。図書館に弁解しに行ったら、高校二年のときに学園祭の女王になったレジャイナに出くわした。彼女の腰まである干し草色の髪が、当時の私はうらやましかった。レジャイナは今では子持ちだ。二人の娘に被害の大きかったハリケーンとおんなじ名前をつけている——わざとなのかはわからないけど。
「こっちはカトリーナで、こっちがサンディ」とレジャイナは紹介してくれた。子どもは四歳と八歳で、年齢の割に表情に生気がない。

3月13日

昨日しでかしたばかりなのに、今日は切手を貼った封書をゴミ箱に投函した。
インターネットで調べたところ、これまでにアルツハイマー病と診断された最年少記録は、三十歳だそうだ。

3月14日

今週末はボニーと一緒にすごしている。まず向かったのはドライブスルーだ。いつかもっと稼げるようになる、とボニーは自信たっぷりに言う。私はそこまでの自信がない。今のところ、私たちは普通のハンバーガーを買う。だって、チーズを挟んでもらうと九十九セント余計にかかるから。ボニーがかばんのポケットに忍ばせてきてくれたスライスチーズを、私たちはハンバーガーに挟みこむ。

その後、遺品の販売会で、道具箱の中の物入れに歯がいっぱいに詰まっているのを見つけた。金をかぶせた歯やはがされた金色の詰め物の欠片がぎっしりだ。もちろん購入した。

今夜、私たちは仕事をする。オスカーの授賞式で席を埋め、それで授賞式を盛況に見せる仕事だ。ボニーが上司に話をつけて、私にも仕事を回してくれたのだ。私たちは二人で一本のシャネルの口紅を使う。色の名前は〈海賊《ピラート》〉だ。私は借りたダイヤモンドを身につけていて、席の二列先にはブラッド・ピットがいる。

化粧室で、私が今の状況でできる仕事についてボニーと話し合う。ベビーシッターの口はあるだろうか？　超音波検査を担当した母親たちが生まれた赤ちゃんを見せに来てくれることがときどきあって、ちょっと抱かせてもらったりもしたっけ。

「だめ」とボニーが間髪入れずに言った。「今の状況でって言ったでしょ」

それから、私たちはアルバイト代を現金でもらい、ジャレッドの勧める寿司レストランでぱあっと使ってしまうことにした。店の名前は〈明日〉。タハンガ地区のショッピング・センターの中にあって、駐車場を通るときに死んだ猫をまたがなきゃならなかった。

私たちは〈おまかせ〉を頼んだ。こっちを見て、ジャレッドが両手をぱちぱちと叩いた。私のために、ラディッシュをきれいに切って、薔薇の花にしてくれた。

「例のうなぎの皮むきを見せて」と私が言うと、ジャレッドはとたんにうろたえだした。

申し分なかった。お寿司もおいしかった。家にはアルコールが一切ないから、私は何週間も一滴も呑んでいなかった。それで、日本酒を体内に取りこみすぎてしまったというわけ。うっかりして。

ボニーの部屋に戻ると、私は彼女に言った。「あなたの髪の毛切らせて。物は試しだから」

「最悪ね」カットがすむと、ボニーは鏡を見ながら言った。「これはプロとしての意見」

3月16日

太陽が顔を出し、いかにも春らしい日なので、屋外での授業を提案したところ、パパもいいアイデアだと賛同してくれた。パパは図書館の外の芝生はどうかと言ったけど、私たちはサンガブリエル伝道所を史跡として提案した。年代が授業での進行と合ってない、とパパは反論した。授業はすでに十七世紀をすぎてしまっていた。それでも私とシオでわがままを通し、何組かに分かれて車に相乗りして出かけた。草の上で全員がサングラスをかけて墓石を眺めながら、晴れわたった日をすごした。

帰り道、私とパパはシオのスバルに乗せてもらい、〈イン・アンド・アウト・バーガー〉に寄った。シオが注文したのはチーズバーガーじゃなく、普通のハンバーガーだ。私はハンバーガーを渡さず、人質にしてシオを問いつめた。

「どうして普通のハンバーガーにしたの？　安いから？」

「そうじゃないよ」とシオは答えた。「たんに、値段に見合う味なのかなって疑問があって。僕の舌はチーズの味がわからないから」

3月18日

ママとパパが今年のアカデミー賞授賞式の録画を見ながら、ボニーと私の姿を探している。イブニング・ドレスを着た女優たちは一人残らず、今夜のドレスについて教えてくれる。私はディオールのオートクチュールを着ています。私は小さなエメラルド百個を身につけています。私はチーズバーガーを一個食べただけなので、ものすごくお腹がすいています。

パパは俳優たちを見ては軽口を叩いていた。しかも、どこも悪くない普通の人みたいに、俳優全員の名前を覚えていた。

私たちを見つけたのは、ママだった。ママが一時停止ボタンを押し、画面を指さすと、そこにはピンボケした私たちの姿があった。借りてきたドレスと宝石を身につけ、明るすぎる口紅を塗り、まるで私たちらしくない見た目の私たちがいた。

「ブラッド・ピットよ!」とママが興奮して大声をあげた。「ほら、あんなに近くにいるじゃないの!」

3月20日

スルフォラファンは体内で作られるとか、ブロッコリーの中に入ってるとか、脳を明晰に保つのを助けるとかいう記事を読んだので、私はお昼にブロッコリーを調理し、夜にもブロッコリーを調理する。

アブラナ科の植物は花が十字の形をしていることから十字花植物と呼ばれる、という話も読んだ。ときどきは、カリフラワーにすることもある。オメガ3脂肪酸を摂取するために、脂の多い小魚を使うこともある。朝食には、これまたオメガ3が入っている亜麻仁をかけたオートミールと、抗酸化作用があるベリー類を食べることにしている。

過去に受けたダメージを食事で帳消しにできないことは、わかっている。それでも、悪化を一時的に止められるかもしれないなら、やるしかないでしょ。

3月21日

私は切手を探しているところだ。家にあるコーヒーの空き袋を全部送れば、製造業者から現金で五ドル戻ってくる。五ドルもあれば、コーヒー豆をもう一袋買える。目指すゴールは、ひたすらこれをつづけて、二度と自分のお金でコーヒーを買わないことだ。

切手探しは、なんの成果もあがっていない。その代わり、がらくた入れになっている引き出しの中に離婚届を見つけた。両親の署名が入っていて、一昨年の日付になっている。つまり、例の女性物理学者との関係が終わったはずの時期よりずっとあとだ。

昔、両親が使わなくなった小切手帳をくれたことがあって、私はそれで嘘の小切手をライナスや両親あてに書いていた。大金の小切手だ。メモ欄には必ず、〈無効〉と書いておいた。たぶん、これだってだれかが考えた架空のゲームなんじゃないかと思う。すべて書きこまれた離婚届っていうのも。

この家にはいられない。なにもかもうんざりだから。それに、キッチンの排水口から食べ物のくずが上がってくるし、窓の日よけの下にあるスズメバチの巣が人の頭ぐらいの大きさになっている。私は大型バスケットを持って、コインランドリーに行くことにする。機械がきちんと動く場所に行くと思うと、元気がわいてくる。

コインランドリーの外では、酔っ払いのカップルが二人で一本の煙草を吸っている。男のほうが女の後頭部に片手を当て、優しく支えるようにしていたところ、女は最初のうち喜んでいるふうだったのが、ひどく嫌がりはじめた。

「でこぼこだって思ってるんでしょ」突然、女は身を引いて言いだす。「私の頭がでこぼこだって思ってるんでしょ」

「でこぼこだなんて思ってないって」

「思ってる」と女は言う。「でこぼこだって思ってる」

「おいおい、俺はお前の頭が大好きなんだ」

「それって、私の頭の回転が遅いって言ってるわけ?」と女は言う。「あんた、そう、ほろめかしてるんでしょ?」

男は言い返す。「俺はなにもほろめかしてなんかないって」

「大したことじゃないわ」私が離婚届について尋ねると、ママはそう答えた。ちょうどママと二人でテレビを見ていたときだ。テレビの中では、とある家族が番組のタレントに自宅を改装してもらっている。タレントは感傷的な価値しかない物はすべて捨てて真新しい物に替えるよう、その家族に言うのだ。捨てられるとなると、毎回、家族は抗議する。

「ママ」と私は言う。

「シーーーッ」とママは言う。ちょうどテレビゲーム機が査定されているところだ。

「こんなのむちゃくちゃだ！」ゲーム機の持ち主が手放したくなくて叫んでいる。

今思い出したけど、昔、ママが泣いているライナスを長時間放ったらかしにして、最終的に帰宅したパパがライナスの汚れたおむつを替えたことがあった。

あれはいったいどういうことだったんだろう？　でも、あれはなにもかも悪化する前のことよね？

3月22日

私はひたすら引き出しを一つずつ見ていく。まるで仕事みたいに。

ゲスト用の寝室を掃除していたら、引き出しの中に未開封の封筒を見つけた。裏にはママの手書きの字が書いてある。

ハワード
・車の運転席と助手席のあいだに、空の瓶をいくつも並べる。
・家の前の生け垣に、車で突っこむ。
・バナナの皮を一房すべてむいて、そのままテーブルの上に放置。
・彼は私にこんなことを言う。考えたんだが、僕はきみにふさわしくないよ、と。

下にはこうも書いてあった。

酔っ払ったハワード、あれは私を悲しませるハワード。
ハワード、ハワード、ハワード。

パパの車のグローブボックスに、賞味期限切れになったマスタードの小袋がたくさん入っているのを見つけた。私は知ってる。昔、ママをだまし、アルコール検知器をごまかすために、パパがためこんでおいたものだ。

グローブボックスの中にはほかにも、私が思い出せる最初の家族旅行で、ワシントンＤＣまで行ったときの写真が一枚入っていた。リンカーン記念堂からの帰り、地下鉄の車内で私とライナスは二人掛けの席に座り、向かいの席にパパとママが座っている。記念堂を出る際に、二人は言い争いをはじめていた――原因がなんだったのかはわからない。

電車の中で、パパは自分の隣の座席をそっと叩き、横に座るようにうながした。ママはゆっくりと真剣に首をふり、しかめ面をくずさないようにしていた。少しするとママはほほえんだ。

あとになって、私は家の中で、あの日の記念堂での私たちの写真を見つける。ライナスは直前まで泣いていたみたいに鮮やかなピンク色の顔になっていて、パパとママは顔をしかめていて、私は曲がり角にいるアイスクリームでいっぱいの手押し車の男を物欲しげに見つめている。

「今はそのことについて話すのはやめておきましょう、いいわね？」とママは言う。

ママは両手にローションをすりこんでから、新聞を開く。

「きちんと物をつかめるようにしとかないと」とママは新聞の向こうでつぶやく。

「なんだって訊いてくれていいのよ、ほんと」とママは言い足す。「ただ……もっとあとでね」

ママが私にいてほしいと頼んできた理由って、これなのかな。つまり、パパと二人きりになりたくなかったってこと。

「ほかのだれかを責めてはいけない」というのはウィリアム・マルホランドの言葉だ。セントフランシス・ダムが決壊したときに技術責任者だった彼がそう言ったらしい。「私を締めあげるがいい。

人為的な判断ミスがあったというのなら、その人とは私のことだ」

失敗者を締めあげろ！　ネクタイみたいに。

3月23日

今週の授業は大学構内を出る。最近の雨つづきで雨漏りしているもので、とシオがパパに話した。私たちはカフェの小さなテーブルの周りに集まっている。店員がコーヒーの香りを比較できるように豆を複数小さなカップに入れて出してくれたからだ。

院生のジョーンはたぶん私とおなじくらいの年齢で、いつも決まってパパのそばに座る。離れた目をして、長い金髪をたらしている。正直に言って、髪のほうはちっとも素敵じゃない。まつ毛が物理法則を無視して反りかえっていて、両目のまつ毛に一個ずつ防虫剤のボールかビー玉を載せられそうだ。ジョエルの新しい恋人クリスティンにそっくり。どちらもおなじ種類の犬を飼ってるか、おなじ食料品を購入してそうに見える。一瞬で私はジョーンが嫌いになった。


ジョーンがパパの気を引こうとしているのに私は気づく。パパは気づいてないけど。その瞬間、私は〈ああ！〉と察したけど、それ以上深く考えないようにした。

「どうして彼女なの？」以前、私はクリスティンについてジョエルに尋ねた。

ジョエルが答えてくれると、どうしてあのとき思ったのか、自分でもわからない。

外では学部生たちが木々に標識をつけている。

なにをしているのか訊いてみたところ、女の子の一人が言った。「リスの追跡調査をしてるんです」ちょうどそのとき、シオが私のそばに来た。

「最近知ったんだけど」とシオが言う。「リスの歯はずーっと伸びつづけるって。毎年十五センチぐらい。だけど、ナッツとかああいうのばかり食べてるから、そんな長さになることはないらしい」

「眉唾《まゆつば》ね」と私は言う。パパとジョーンが話をしている。体にふれたりはしていない。なのに、どうしてだか、カフェの入口に立っている二人は一緒に寝たことのある間柄に見える。

「きみが信じる信じないに関係なく、これは真実さ」とシオが言っている。

「そういうことなら、もしもリスを一匹捕まえて、両手両足を後ろで縛って……」

「そしてえさをやる」

「そう、えさをやる。厳密なナッツ抜きの食事をね」

「それか、液体ナッツの食事だな」

「液体ナッツ？」

「アーモンドミルクみたいな。ピーナッツバターもある」

「アーモンドミルクとピーナッツバターによる液体ナッツの食事をさせれば……」

「サーベルタイガーみたいなリスができあがる」と言ってシオはうなずく。

私はあからさまにジョーンを見つめないように努力する。ジョーンはパパと話をし、パパは首をふっている。

「いい感じかな?」

「なにが?」と私は言う。

「そのリス」とシオが言う。

「とっても」と私は太鼓判を押す。

私はハワード先生がジョーンの肩に手を置き、さよならを言うのを見つめている。

「きみは僕ほど乗り気じゃないみたいだね」とシオが言う。

「リスの話に?」と私は言う。

シオはうなずく。

「危険そうだから」と私は言う。「ただそれだけ」


私が向こうに目をやると、ジョーンはもういなくてパパ一人で、パパは私に気づくと、腕時計をトントンと叩いてみせた。

3月24日

とにかく言わせて。どうして私は実家にめったに寄りつかなかったのか。ライナスの愚痴が事実だと認めたくなかった。完璧なパパという私の記憶を守りたかった。パパが何度となくママを傷つけていることを知りたくなかった。どちらの味方になるか決めさせられたくなかった。弟とちがって、私はそんなに簡単に決められなかっただろう。

二年前、サンフランシスコに住む私のところにパパが訪ねてきたことがあった。学術会議のために来たので、中心街のホテルに宿を取っていた。私たちはジョエルもまじえて早めの夕食にしたのだけど、途中でジョエルは病院から呼び出しがあったので抜けて、パパと私は差しで呑むことになった。

最初のうちはわくわくした。パパが深酒するところを見たことがなかったし、それ以前にパパと一緒に酔っ払ったことがなかったから。きずなを深めるチャンスに思えた。でも、やがて二人で酒を酌み交わしていないことに気づいた。パパは呑むスピードを競ってるみたいに呑みまくり、私はついていこうと必死になって呑んでいただけ。

何杯呑んだあたりかわからないけど、パパは物理学の教授と関係を持っていたことを打ち明けた。かつてライナスから聞かされて、真実じゃありませんようにと私が願っていた件だ。何年も前の話だし、あれはあやまちだった、とパパはつづけて言った。妻を愛している。あんなに昔にあったことなのに、まだ罰せられているように感じる。どうやったら事態を正せるかわからないが正すつもりだ。いや、そうしなくては。

パパのほうから離婚話を持ち出したのだろうか？

精一杯思い出そうとしてみたけど、思い出せない。

寝に行こうと思ったかどうかも覚えていない。目が覚めると、ホテルの部屋のソファの上で、ジーンズははいたままで毛布が一枚かけられていた。床には呑みほしたあとの空っぽのウイスキーのボトルが転がっていて、ワインのボトルもあったけど、そっちの記憶はなかった。

パパは空港へと早朝に出発した。抱き合ってお別れを言うとき、パパからウイスキーの匂いがした。

パパが前夜のことをほとんど覚えていないことは確かだった。恥ずかしそうな様子はなかった。私はまだちょっと酔っていた。なにもかもが酒臭くて、むかむかした。臭いは私の鼻の穴から立ちのぼっていたのかもしれない。ジーンズのウエスト部分が臭ったので、脱いで、床に放り投げた。ナイトテーブルに置いてあったグラスの水をぐいっと飲み、吐き出した。ジンか、ウォッカか、あるいは両方を混ぜた物だった。私は下着姿でホテルの部屋の片付けをした——ボトルを捨てたり、いろんなものを整頓したり。なんとかシャワーも浴びた。

「なにがあったの？」迎えに来てくれたジョエルに言われた。私の髪はシャワーのせいでまだ濡れていたし、顔はピンク色だった。私は身も世もなく泣きじゃくった。家までの車中ずっと、しゃくりあげつづけた。

3月26日

ママは仕事から帰ってくると、すぐにリビングに入ってくつろぐようになった。今日はポップコーン一袋と、私が夕食に作ったブロッコリー料理を持ってきて、「おいしい」と言ってうなずき、テレビをつけた。私も一緒になってテレビを見る。番組の主役は未婚の男《バチェラー》で、最終回で女性陣の中から未来の妻を選ぶらしい。サッカーの元スター選手だ。女性たち全員を〈かわいこちゃん〉と呼んでいる。「美しいかわいこちゃんがたくさんいて、選びきれないなあ」と彼は言う。「どうやったら、僕にこんな選択ができるのかなあ」

コマーシャルのあいだに起きたことのリスト。

・ママが話題を変えた。
・ママがポップコーンを私の膝にうまく載せた。
・ママからの打ち明け話はなくて、私は話を引き出そうとやっきになった。

パパのほうもまるで尻尾を出さない。パパは食事をして、材木を別の材木にねじでくっつけて、慎重にはしごをのぼるけど、家の中がいつもとちがう空気になっていることに気づいていない。

*

私は最寄りのバス停まで歩いていって、バスに乗った。どの番号のバスだか確かめもせずに乗りこんだ。番号がわかったところで、それがどういう路線だか知らないし。

バスには一組の男女が乗っていて、若い女のほうがボーイフレンドらしき男にヨーグルトを食べさせている。

口なんて、その持ち主に関心がなければ、ぞっとする代物だ。

カップルはバスを降り、警官の制服を着た大柄な男が乗りこんできた。パトカーはどうしたのよ、と私は心の中でつぶやく。

「ねえ、あんた」一人の女が警官に声をかけた。バスに乗ってきたときのぼんやりした顔から一転、警官の顔がしゃっきりする。

「やあ」と警官は言う。「こんにちは」

「子どもは何人いるの？」と女が訊く。

「五人だ」と警官は答える。


いつのまにかバスは終点まで来ていた。町の名前もわからない。そこらじゅうに倉庫がある。広大で、果てしない駐車場も。

レジーに電話してみた。地元に住んでいる唯一の友人なのに、電話に出てくれない。それで、〈フィリップ〉にかけると、最初の呼び出し音ですぐにシオが出た。

「困ったことになってるんだけど、車で家まで送ってもらえない？」

「今、どこ？」とシオが言う。

「ごめんなさい」と私は言って、交差点に表示されている通りの名前を読んだ。

それほどしないうちにシオが迎えに来てくれたうえ、なにがあったのか尋ねずにいてくれて助かる。その代わりにシオは自分の一日について話してくれた。電話がかかってきたのが、つまらないお笑いライヴの会場から出たときで、腹を立てていたとか。でもその日の早い時間には、傷んでいたアボカドを食料品店に返品してお金を返してもらい、勝ち誇った気分になっていたとか。

そうやって私たちは一時間、車に乗っていた。シオはうちの私道に車を入れた。

「ちょっとだけ、なんと言うか、一緒にここに座っててていい？」と私は訊く。

「もちろん」とシオは答える。相変わらずなにも質問してこなくて、私は相変わらず助かる。

「二人のあいだになにがあったの？」私はとうとうシオに尋ねる。パパのことも、ジョーンのことも知っているシオに。

シオは空気を吸いこみ、少しだけ息を止めた。

「ほんとに、僕とは関係ない話だ。二人はちょっといちゃついたんだ。メッセージのやり取りで。先学期からはじまって、二か月つづいたと思う。彼女のほうは、先生から誘ってきたって言ってる。先生のほうはそう考えていなかったみたいだけど」シオは一呼吸置いた。「もう終わったことだと思うよ。あれがなんだったにせよ」

「だけど」と私は言う。「なにもなかったってこと？」

「ない！」とシオは答える。驚いたような声だ。「つまり、僕はまさかこんな……。わからない。そこまでのことじゃなさそう。ちがうと思うよ」

シオは心配そうに、こちらを見た。私の肩に手をふれる。

「大丈夫？」

「そう思う」と私は言いながら、車のドアを開けた。「送ってくれてありがとう」

「いつでもどうぞ」

「いつでも？」

「まあ、少なくともあと二、三回なら」シオはほほえむ。「もしかしたら、そうだな、あと四回かな？」

「紳士ね」と私は言って、実家のほうを向いた。家に入る前にふり返ってみると、シオがまだこっちを見ている。彼は小さく手をふって、車を出した。

3月30日

今日の授業は〈黄金の睡蓮《すいれん》〉という名前の中華料理レストランでおこなわれた。私たちにうってつけの場所だ。だって、パパの講義はちょうど、カリフォルニア州における中国人についてだから。一八八〇年までに、広東省から来た中国人はカリフォルニアの人口の十パーセントを占めるまでになっていた――最初はゴールドラッシュの鉱山労働者として、やがて、西海岸と東部をつなぐ鉄道の建設労働者として。中国人たち――ほとんど全員が男性――は、休まずによく働いた。白人男性よりも長時間働くことができた。それでも、白人にいじめられていたそうだ。

お店には早い時間帯にだけ提供される特別メニューがあった。私たちは回転テーブルを囲んで座り、チャーハンと牛肉とブロッコリーの炒め物を回転させる。私は食欲がなかった。

またしてもジョーンがパパの隣にいて、しょっちゅう白い歯を見せびらかし、しょっちゅうパパにお茶を注いであげて、箸を極端に上のほうで持って使っている。

4月1日

石鹼の泡が立たない。あとでわかったけど、パパが石鹼に透明のマニキュア液を塗っておいたせいだ。「エイプリル・フールだ」とパパは愉快そうに言った。

4月2日

パパに、ママとのなれそめを尋ねた。もちろん、これまでに聞いたことはあったけど、もう一度聞きたくなったからだ。ママが授業の初日に現れると、パパはすぐさま強く心引かれた。二人は学生の芸術展オープニングセレモニーに一緒に出かけた。展示会場からワインのボトルを一本盗んで（ハンドバッグの中に隠して）、駐車場へ抜け出して、ワインを呑んだ。

そのあたりになって、パパが今話しているのはママとの話じゃないと私は気づいた。これはパパがほかのだれかと出会ったときの話だ。たぶんジョーンとのことを私に話しているのだ。

「それで、そのあとにメキシコ料理のレストランに行ったんじゃなかった？」私はパパに思い出させようとしてみた。

「エチオピア料理の店だった」とパパは言い、眉間にしわを寄せた。

「トルティーヤ・チップスを食べたんじゃなかった？」私はねばった。

「そんなはずがないだろう」とパパは言った。娘に話の細部をつつかれて、プライドが傷ついたと言わんばかりの態度だった。

ママだってかつてはパパの学生だったわけだけど、事情がちがう。当初は二人とも大学院生だった。学期が終わると、パパは一杯呑まないかとママを誘った。二人はメキシコ料理のレストランの、お得なハッピーアワーに出かけた。ハッピーアワーには安い飲み物と食べ放題のトルティーヤ・チップスしかなかった。パパとママがサングリアをピッチャーで注文して分けあっていたところ、マラカスを使った曲が店内に流れはじめ、私、サルサが大好きなの、とママが言った。パパは踊れないと打ち明けてももう許される関係なのかわからず、ちょっとパニックになった。パパがトルティーヤ・チップスを口に持っていくと、ママがバッグの中から得意顔で、手作りのサルサ・ソースの瓶を取り出した。ママが言っていたのがソースのほうのサルサだとわかり、パパはほっとしながらチップスを食べた。

＊

私の両親はパームスプリングスで結婚式を挙げた。ジョン叔父さんがその日だけ牧師になって、二人を結婚させた。

「願わくはあなた方が、なかなか帰ってこない乳牛の足取りぐらい長々と互いを愛しますように」と叔父さんは言った。「願わくはあなた方の喧嘩がすべて、アヒルの背中にはじかれる水のように流れていきますように」

先日、彼から電話があった。彼というのは、ジョン叔父さんのことだ。叔父さんはパニックになっていた。

「車の中にキーを置いたまま、ドアを閉めてしまった」と叔父さんは言った。「俺は頭がおかしくなりかけてる、ルース」

「開錠サービスに電話した？」

「もう開けてもらった」

「なんだ。きちんとやれたんじゃない」

「いや、俺はもうろくしたんだ」

パパとママの離婚騒動についてなにか知らないかと訊きかけて、やっぱりやめた。どう事情を話せばいいかわからないし、それに、教えてもらおうにも心の準備ができていない。その代わりに、ママが私を妊娠して六か月目あたりに亡くなった祖父母について尋ねた。ママは一人っ子だった。いまだにママの抱える喪失感がとても大きく見えるときがあり、私は尋ねる気になれず、ママも自分から話してはくれない。

「礼儀正しいアリゾナ出身の夫婦だった」と叔父さんは言った。「ダンスが実にうまかった。結婚式では一晩中踊ってた。おかしな夫婦だったよ。そういうところを、お前は受け継いだんだろうな」

血のつながりはないんだけどね、とは言わずにおいた。

「お前の母さんは若すぎた」とジョン叔父さんは言った。

それから長い間があいたので、てっきり電話が切れたのかと思った。

「もしもし？」と私は言った。

「そうはいっても、お前の母さんは泣きごとばかり言う人じゃない。事故のあとは、お前を最優先にしてた」

4月3日

パパが書斎のドアを開けっぱなしにしていたので、私はそれを入室の許可と解釈した。室内には水槽が一つあった。水で満たされた水槽が一つと稼働中のポンプ。水槽の底には小さな青い石が敷いてあって、プラスチック製の海藻がふんわりと揺れている。

「魚はいないの、パパ？」と私は訊いた。

「なにか足りない気はしてたんだ」とパパは答えた。

私たちはペットショップに向かった。しばらくのあいだ、二人して魚を眺める。意気消沈した様子のクサウオがいて、のろのろと藻をすすっている。そのとき、ふと思った。ひょっとしたらクサウオはマイペースで食事していて、大好物の藻を味わっているのかもしれない。意気消沈なんて全然していないのかも。もしかしたら話は逆で、意気消沈しているのは私のほうなのかも。

透明なグッピーで混雑している水槽がある。エンゼルフィッシュが一匹だけ入っている水槽もある。店員が水に魚のえさをふり入れるのを見つめるうち、私はえさの入った筒が出す音が気に入った。でも、パパはどの魚にも貝にもとりたてて興味がわかないみたい。

私たちは爬虫類売り場に立ち寄り、イグアナがキャベツをかじるのを眺める。亀たちに与えられたコオロギの中から、一匹だけが逃げ出した。「逃げ出した」と言っては的はずれかも。イグアナの水槽の中に見事に飛びこんだのだ。

「くそっ」突然現れたコオロギをイグアナがぺろりと平らげると、店員がぼやいた。「こいつは草食なのに。草食のはずなのに！」

亀にコオロギをやる仕事をしているこの男の店員は、私とそう変わらない年齢だと思う。店員は私たちに、イグアナにアイスバーグレタスをやるのはだめだと教えてくれた。なぜならその種のレタスにはなんの栄養もないのにイグアナは大のレタス好きになってしまい、ほかのえさを食べなくなる恐れがあるからだ。

＊

パパはどの魚も亀も貝も選ばない。ペットショップの品ぞろえが気に食わないようだ。せっかくのお出かけを無駄にしたくなくて、私は鳥のえさを一袋選んだ。ひまわりとアザミの種とキビの実の特製ミックスだ。種売り場では、ビルという名前の店員が私に〈野生動物ブロック〉なるものを売りつけようとした。七キロもの種を固めてできた立方体だ。

「そりゃあもう、鳥を引きつけますよ」とビルは言った。「だけど、いろんな種類の家畜にも効くんです！」

「どうしようかな」と私は言った。いくらなんでも、やりすぎかもしれない。

最後の最後になって、パパは小さなスキューバダイバーの人形を六体選んだ。それぞれ髪と肌の色がちがうプラスチック製の男たちだ。家に帰ると、彼らは水槽に飛びこんでいった。

4月4日

以前よりもジョン叔父さんにちょくちょく会う。今では週に一、二回、うちに寄ってくれる。最近はインターネットで知り合った女性とデートしているらしい。名前はリサといって、カリフォルニア州南部の都市ランチョ・クカモンガに住んでいる。動物保護施設で働いているそうだ。叔父さんがやって来ると、私はキャベツジュースを一杯出すことにしている。

今日、パパが叔父さんとスポーツクラブへ運動しに出かけているあいだに、私は書斎にふたたび忍びこんだ。机の引き出しをつぎからつぎへと開け、隅々まで見て、なにとは言えないけれど、なにかが見つからないかと期待した。なにかの証拠とか手がかりとか痕跡とかが。

無意味なことをやっているという自覚はある。ばかげているし、なんにもならないことだとわかっている。たいていの場合、重大な意味は目に見える形をとっていなくて、たとえばばか高いフレンチ・レストランで私とジョエルが盗んだ塩入れみたいなものにあったりする。あるいは自動販売機で買ったおもちゃとか、あるいは道端で見つけて取っておいたくだらないものとか。

引き出しの中には、インスタントのオートミールの小袋がいくつも入っていた。名刺もあれば、レストランの紙マッチ、小さなガラス製のパンダ、脳みそみたいな形をしたストレス解消ボールもあった。よくわからないけど、オートミールはジョーンか物理学教授からのプレゼントかもしれないし、パンダも脳みそもジョーンか物理学教授からのプレゼントかもしれないし、紙マッチは彼女らとのことで重大な意味があったレストランのものかもしれない。でも、どう考えても真相は知りようがないし、スキューバダイバーたちが水槽の中からとがめるようにこっちを見つめているので、私は捜索を中止した。

4月5日

パパの机で、やましい気持ちになりながら盗み読んだページがこれ。

今日、いい子にしていてくれ、とお前に言ったところ、お前は癇癪を起こし、わめくようにして言った。いい子になにをしてあげればいいわけ、と。

今日、私が靴下を脱ぐと、お前は私の両足首にふれてきた。足首に残った靴下の痕に。

今日、お前は自分の靴下でできた痕に、私の手を乗せた。とても小さなお前の足首は、私の手で完全に包みこめた。

今日、お前は歯が一本抜けて、これじゃあカボチャみたいな顔だとひどく泣いた。

今日、私が郵便局に寄らねばならなかったとき、お前は周りを見回して、ぎょっとしたような顔で言った。「これってお使い？」

今日、私がお前の弟のおむつを替えて、ベビーパウダーをはたいていると、お前は激しく泣きだして、どうかお願いだから弟にそんなに塩をかけないでと頼んできた。

今日、お前はあまりにやすやすと私に感心させられていた。

4月6日

今日の授業はレストラン〈セニョール・アミーゴズ〉でやった。みんなでトルティーヤ・チップスとファヒータを食べる。私はパパとジョーンのあいだに割りこんで座った。

「今日ここに来たのは」とパパが言いだす。「カリフォルニアにおける中国人について学ぶためだ」そうして、パパは自分で気づかないままに、先週やった講義をまたはじめた。

私たちは眉をぐいっと上げ、互いに顔を見合わせた。

胸がつぶれる思いがした。それでもパパはきちんと講義をやっている。私たちはなにも指摘しないことにした。

前にもいた十代のウェイトレス、レイラが私たちのところに寄ってきて、あいさつしてくれた。

「私の講座の学生たちだ」とパパは誇らしげに言い、私たちのほうを手で示した。

「そして、これが私の娘」パパは私を紹介した。

「ルース、よね？」と彼女はうれしそうにほほえんで言い、それからアボカドのディップを三個こっそりサービスしてくれた。

4月7日

最近、ママのためにお弁当を詰めて、添えた紙ナプキンにジョークを書くようにしている。私たち二人の気持ちが明るくなればと思って。

「どうして恐竜はまずいオムレツを作るの？」とナプキンの片面に書く。

もう片面には、「だって、恐竜は卵が臭い《エッグス・スティンク》から！（「絶滅した（エクスティンクト）」にかけた駄洒落）」

オレンジの実の表面には、ウインクしている顔を描いておいた。

ママの最近のマイブームは、３Ｄペーパー・コラージュだ。ママは仕事から帰宅すると、以前なら夕食の準備をしていた時間にホビー用カッターで写真を切って、のりを塗り、ピンセットで丁寧に重ねていく。

4月8日

〈バーガーキング〉の前に立ってボニーを待っていたら、雨が降りだした。広い道の向こう側で手をふり、こちらにやって来るボニーは、透明傘のせいでクラゲっぽく見える。店の前には私以外にも一人、女性が立っている。その女性のアイシャドーはメタリックで、チョコミントを連想させる色。履いているブーツは柔らかそうで、防水ではなさそう。彼女は片方の手にまだ七十五パーセントは残っているハンバーガーを、もう一方の手に携帯電話を持ち、ボーイフレンドと付き合いつづけるべきかどうか電話口の相手と議論している。そのボーイフレンドというのがどうやら、正真正銘のだめ男らしい。

女性のハンバーガーが雨に濡れていたので、私は心配でたまらず、ボニーに小声で伝えた。ブーツのことも心配だ。私たちは傘に彼女も入れてあげた。彼女はずっと携帯で話しつづけていたけど、感謝のしるしにハンバーガーをちょっと持ちあげた。私たちは小さな透明傘の下で体を寄せ合いながら、店内の客たちを眺めたり、ボニーの透明傘の上で雨粒が集まっていく様子を見たりしていた。ハンバーガーの女性は電話の向こうの友人に、昨日の夜、ボーイフレンドに「動くな、ビッチ!」と言われたと話している。

しばらくして女性に、このままここに立っているつもりかと尋ねたところ、彼女は肩をすくめ、「そう思う」と答えた。

もっとあとになって、メキシコ料理店でブリトーを食べているとき、ボニーが私の両親について言った。「その一件について考えちゃだめってことよ」

「考えずにはいられない」と私は言い返した。

「あんたはなんにも知らないじゃない」とボニーは言う。「そのうえ、あんたにはまるで関係のない話よ」

私たちは無言のまま、トルティーヤ・チップスにアボカド・ディップをつける。

「それはそうと」とボニーが言う。「あたしの仕事は輝かしいことになりそうだってさ」

「星占い?」と私は言う。

「あんたのも見てもらったよ」とボニーは言う。「星によると、難しい話し合いをはじめるのに適切な時期ではありません。愉快なやり取りにとどめましょうって」

4月9日

食料品店に行き、いかした《グルービー》マカロニを探す。溝《グルーブ》が入ったマカロニのことだ。昔のママはよく、ピーマンと牛挽肉とマカロニでキャセロール料理を作ってくれた。その料理のことをママは「いかしたマカロニ」と呼んでいた。私が作ってみても、毎回、うまくいかない。いつも、なにかが多すぎるのだ。

「ルース？」背後で声がした。

高校時代の友人デビーが、通路の先にある紙パックのジュースの前に立っている。最後に彼女に会ったのは十年前の今ごろ。デビーは私が生まれて初めて出会った、体重を気にするあまりになんにも食べようとしない人だった。世界にはあえて食事を断つ人がいると知るずっと前に、私はデビーに出会った。もっとあとになって、私はおんなじタイプの人にたくさん出会うことになったけど、私にとってはデビーが最初の人だったから、記憶に焼きついているのだ。

当時、デビーは太るんじゃないかと心配で、薬用リップスティックを使おうとしなかった。カロリーを気にして、封筒ののりを舐めなかった。ガムも噛もうとしなかった。教会の聖餐式のときにはどうごまかすか、デビーは得意げに話してくれた。キリストの体であるパンをぼろぼろに崩し、パンが完全に、あるいはあらかたなくなるまでそのくずを床に落としていくのだ。小さなプラスチックカップに入ったキリストの血であるワインだけで、彼女は千鳥足になったらしい。

そうして今、私たちは食料品店で再会した。デビーは夏らしいワンピースを着て、麦わら帽をかぶり、かなり恰幅《かっぷく》が良い。小さな女の子を連れていて、もう片方の手で赤ん坊を抱えている。女の子は六歳ぐらいで、母親に似てまるまると太っている。

すぐに思い出せなかったふりをしたのは、礼儀正しいふるまいだったかな？　つかの間、私は真剣にそう考えた。

デビーのほうからあいさつをしてくれた。

「元気そう」と私は言った。たしかにデビーは元気そうで素敵だ。かつての痩せた体はいつだって、彼女に似合っていなかった。デビーは肩をすくめた。

「ウィリアムはどうしてる？」と私は思い切って訊いてみた。ウィリアムというのは彼女の高校時代のボーイフレンドで、子どもの父親だ。ウィリアムについて私が覚えていることといえば、体にタトゥーを入れていて、ピチピチのズボンをだれよりも上手に着こなしていたことだ。自分がそういうズボンをはいたらどう見えるのか、ほかの高校生たちよりもよく理解していた。彼はおとなびていた。あとになって、ウィリアムが二度留年していたことがわかって、なるほど、だからズボンについて詳しかったんだと思った。

「去年、別れたの」と言って、デビーはまた肩をすくめた。「ベラ、この人はルースよ。ルースにごあいさつして」

「ルーズ」とベラは言う。

「ルースよ」とデビーは言う。「ルースって言って」

「ルーズ」とベラはもう一度言う。たしかに私はルーズでだらしない。すると、ベラがちょっとしたダンスをはじめた。

「おしっこに行きたいときにやるのよ」とデビーが言う。「抱いててもらえる？」

デビーは私の返事を待たずに赤ん坊を渡してきた。赤ん坊は顔をくしゃくしゃにして、今にも泣き叫びそうだったので、私は涙を瀬戸際で食い止めるために彼女を揺すり、瓶のラベルを情感たっぷりに音読してあげた。オーシャンスプレーのクランベリー・アップル・ジュース、サンスウィートのプラムジュース、ウェルチの百パーセント・グレープジュース、ウェルチのカルシウム入り百パーセント・グレープジュース。

おむつのあたりで温かさがじんわりと広がる。あなた、今、うんちを大量にしてるわね？　私がそう赤ちゃんにささやきながらも揺すりつづけていると、ようやくデビーが不意に現れ（一時間に思えたほど長かった）、赤ん坊を引き取っていった。

4月10日

のどが少し痛かったので、私は発泡性のビタミンサプリと水のボトルを買った。スーパーの駐車場で水とサプリのふたを開ける。だけど、サプリの錠剤が大きすぎて、水のボトルの口に入らない。それで、錠剤をとりあえず口に放りこんだ。口の中が痛かったけど、ボトルに入るぐらい小さくなるまでそのままそこで発泡させた。

今朝、デビーからフェイスブックの友達リクエストをもらった。「昔の友達に偶然出くわすって素敵☺」

そして、今や、彼女は驚異的なスピードで、Eメールを何通も転送してくる。

あるとき転送されてきたメールの中身はこうだ。「もしも車のトランクに放りこまれたら、テールランプの裏側あたりを思い切り蹴り、できた穴から片手を出して、激しくふりつづけてください。ドライバーからは見えませんが、それ以外のだれからも見えます。このやり方で何人もの命が救われてきました」

〈二千キロカロリー消費する方法！〉も、鶏が踊っている動画も転送されてきた。

それから、〈世界でもっとも危険なチョコケーキ〉もあり、これはクリックして開いてみた。

「おやおや、知りたいのね？　作ろうと決めてから、座って食べはじめるまでがおよそ五分なの！　つまり、これでいつでも、五分以内にチョコケーキが食べられるってわけ！」その下には、材料の一覧が書いてあり、それを全部、電子レンジ対応のマグカップに入れて混ぜ、チンすればいいらしい。

4月11日

浴室の雑誌立ての中に、昔の〈ナショナル・ジオグラフィック〉誌を見つけて、認知症に効果がある特別なたんぱく質を合成するクラゲの記事を読んだ。高齢者が週に二回クラゲを食べると、認知症やそのほかの加齢に関係する病気の進行が抑えられるらしい。おまけ情報としては、ほとんどのクラゲは開口部が一つしかなくて、それを口としても肛門としても使うらしい（ハコクラゲは例外。肛門が六十四個！）。

そういうわけで食料品店に片っ端から電話をしている。どこもクラゲを取り扱っていない。

4月12日

食べようと思って固ゆで卵をむいたものの、自分の手際の悪さにがっかりだ。殻が細かい欠片になってはがれ、一緒に大きな白身のかたまりもくっついて落ちてしまった。とりあえずコーヒーを飲む。コーヒーポットを洗う気にもならない。リビングに入っていくと、パパがソファの端から端まで使って寝そべっていた。右脚、左脚、と順に移動してくれたので、私はパパの隣に座ることができた。

たまに、パパを揺さぶりたくてたまらなくなる。

〈いったいなにを考えてたの？〉と、ときどきママに代わって叫びたくなる。それとも、〈いったい、どうしたの？〉にしようか。

私のために脚を移動させる途中で、パパの靴下の片方が脱げた。パパは肩をすくめ、片足でもう一方の靴下を引っぱって脱ぐ。

私は〈世界でもっとも危険なチョコケーキ〉を作った。二つも。一つにつき、チョコレート・チップが大さじ三杯入っている。電子レンジから出したばかりのふくらんだスフレケーキそっくり。写真をメールでデビーに送った。

4月13日

今学期はあと四回授業が残っていて、それから期末レポートの時期になる。授業内容にぴったりの場所については、シオも私もアイデア切れだ。逆に、不適切な場所というのも思いつかない。ディズニーランドで授業するのはどうだろう？　カリフォルニアにおけるエンターテインメント産業の役割について話し合うのは？　シオが提案してみると、パパはうれしそうに受け入れた。

ディズニーランドではミッキーマウスとミニーマウスに会えた。みんなでアイスキャンディーを食べた。私たちは何度もアトラクションの列に並び、パパはその時間を利用して講義をした。スプラッシュ・マウンテンに乗っているときに撮られた写真は、ものすごくおかしな家族みたいに見える。回転するティーカップで、パパはすっかりはしゃいでいた。

「いいアイデアだったわね」眠れる森の美女の城の上に花火が打ち上げられているとき、私はシオに小声で言った。

「ジョーンのアイデアなんだ」とシオは静かな声で言った。

帰宅すると、パパのポケットから、トイレの便器の中によくある円盤形の尿石除去剤が転がり出てきた。

「どうしてこんなの持ってるの、パパ？」

「わからん」パパは困惑した様子で言った。

4月14日

今日、郵便物を取り出そうと思って外に出てみると、郵便受けのところで配達人にばったり出くわした。でも、結局はそんなに悪い出会いじゃなかった！　空は曇っていて、まだ雨は降ってなかったけれど、配達人は青いショートパンツとレインコートという格好だった。ふくらはぎには白い包帯を巻いている。片方は正常なふくらはぎなのだけど、もう一方はソフトボールをのみこんだへビみたいになっている。

「犬は郵便配達人を嫌いだっていう話」と配達人は言う。「事実ですよ」

「大怪我？」と私は訊いた。

「ジャーマン・シェパードでしたからね」配達人は肩をすくめた。「もっとひどいことになってたかもしれない」

配達人は私に郵便物を手渡してくれた。真新しいバンドエイドが親指に貼ってある。

「それも犬に？」

「これはオレンジです。オレンジを切っていたときに、自分で親指を傷つけまして」

4月15日

今日、カウンターの上に、金魚が四匹入った袋があった。金魚たちは浮かない顔をしていた。

「〝心配事《トラブリング》〟だ」とパパが教えてくれた。「金魚の群れのことを、トラブリングと呼ぶんだよ」

4月16日

ボニーはサウザンド・オークスで子守の最中で、私もその手伝いに来ている。子どもたちの母親は画廊で働くボニーの上司で、子守は当然のこととして期待されてるから、ボニーはその分の残業代をもらっていない。子どもたちは七歳と五歳、名前はラルフとルー・ジュニアだ。

子どもたちの母親はデート中で、銀行家とスケートリンクに行っている。二人がスケートしているあいだ、私たち四人は上品なダイニングルームのテーブルについて、チキンとパスタが入ったグラタンを温めなおして食べている。

「ニワトリは恐竜の親戚なんだ」とラルフが私たちに教えてくれる。

「たんなる恐竜じゃないよ」とルー・ジュニアが訂正する。「ティラノサウルスだ!」

「もしも恐竜がまだ地上を歩いていたら、けしかけてルーを襲わせるんだけどなあ」とラルフが言う。

「それはあんまり感心できないわね」とボニーが言う。

「弟のことじゃないよ」とラルフが言う。「パパのことだよ」

少し間があいた。

「まあ、それにしたってあんまり感心できないわ」とボニーは言う。

子どもたちを寝かしつけたあと、私たちは庭の木からザクロの実を一個取り、カーペットに種をばらまかないように注意しながら分解した。ボニーは最近取りくんでいる作品の写真をスマホで見せてくれた。彼女の全身写真の切り抜きを、まるで紙人形みたいにさまざまな背丈に引き伸ばしたり、さまざまな横幅に加工したりしたものだ。大きいボニー、小さいボニー、太ったボニー、痩せ細ったボニー。一番背の高い切り抜きと比べると、ボニー本人はすごくちっぽけ。なにしろ、一番背の高いのは三メートル近くあって、そびえたつようにボニーを見下ろしている。

「制作者のコメントを書くの、手伝って」とボニーが言う。

「ボニー・ナザリアンは、可能性なるものに興味がある」私は咳払いし、美術評論家っぽい声を出した。「この世に現れなかった無数の命に興味がある」

「ボニー・ナザリアンは」とボニー自身も言う。「結局なんにもならないことをひどく恐れている。なんの痕跡も残さずに地球上に生きることを恐れている。それで、聞いてくれる人がいると……たいていは親友だけど……知らせようとするのだ。『私は存在してる！』と。いや、ちがう、そうじゃない。『私はここよ！』と」

私たちはラルフとルー・ジュニアの母親の映画DVDコレクションをざっと眺める。彼女の元夫のルーはエンターテインメント産業で仕事をしている、かなりの有名人だ。

私は映画『八時のコーヒー』のDVDを見つけて、手に取った。

「それは？」

「パパがこれに出演してる」と私は言った。

そうはいっても、まだ観たことがなかった。ＤＶＤを探したけど見つからなかったのだ。脚本を読んだことがあるだけ。すっかり忘れていたけど、映画は自殺で幕を開ける。かの有名な映画『素晴らしき哉《かな》、人生！』でも、ジェームズ・スチュアート演じる主人公は映画の中でほぼずっと自殺したがっている。私はいつもこういう点を忘れてしまうのだ。

パパの出ている映画は、お話の前提がちょっとどうかしてる。一人の女性が死後の世界に行く話で、そこは昔のカリフォルニアがそのままゴーストタウン化したかのようなところだ。土の道、馬車、スイングドアのついた酒場。住民たちはみんな死人で、文字どおり、うつろだ。骨もなければ内臓もない。風の吹く日には重いコートを着ないと、吹きとばされる危険がある。

映画を観てみると、主役――のちに、刑事・法廷ドラマ〈ロー＆オーダー〉のあるエピソードで殺害される役を演じた女優――が元彼と会う場面があった。酒場で、その二人の後ろにパパが座り、つまようじでオリーブの実を食べている。髪はうねっていて、年齢はたぶん今の私ぐらい。ライナスにそっくりだ。

「ワーオ」とボニーが言う。「あんたのパパ、すごくいかしてたんだ」

帰りに、アルハンブラにある中華食料品店に立ち寄ってクラゲを探したところ、売っていた。冷凍クラゲを六袋、乾燥クラゲを六袋買った。

そのあとも店内に長居して、店員がアボカドをそっと押して、〈完熟〉シールを熟した実に貼るところを眺めていた。

4月17日

今夜、私はクラゲ尽くしの晩餐を計画している。

・タイ風クラゲサラダ
・クラゲスープ
・揚げクラゲ
・クラゲの漬物

クラゲ・スパゲッティでは、クラゲ麵にクラゲソースをかけた。出席者たちはさほど食欲旺盛ではなかったけど、少なくともお行儀はよかった。

4月18日

シオがうちの玄関先にいる。ドアののぞき穴からのぞいたところ、ヨーグルトの容器を持っているのが見えた。

「先生はいる?」とシオは私に尋ねる。

「いない」と私は答える。パパはジョン叔父さんと一緒にジムに行っている。

シオはヨーグルトの容器のふたを開けた。パーティードレスのフリルにそっくりなものが入っている。きらきらして、緑色で、金属的ななにかは、容器の底でこぶ状にかたまっている。

「クサビライシだ」とシオが言う。「初心者向けのサンゴだよ」

「すごくきれい」と私は言う。「ありがとう」

「礼なら兄に。兄はサンゴを育ててるんだ」

「サンゴを？」

「サンゴを育てて売ってる。こいつは本当に特別なやつだよ。サンゴっていうのは、ポリプがどれだけあるかで値段が決まるんだ」

私たちはサンゴを水槽に入れた。すごく魅力的な水槽になった。

シオが本棚から本を一冊取り出し、ぱらぱらとめくりはじめる。

「ねえ」と私は言う。「ロサンゼルスに行かない？」レジーがアートパフォーマンスをするのを見に行く予定でいたのだ。

シオは面白そうだねと言った。私の車に二人で乗りこみ、出発だ。シオはコマーシャルになるたびにラジオ局を変えていたけど、ＫＯＳＴ１０３・５で手をとめた。アラニス・モリセットのスペシャル・アコースティック・ライヴのチケットが当たるチャンスにかけて、彼は電話をかける。

「呼び出し音が鳴ってる！」とシオが叫ぶ。

チケットが当たるのは五番目の人だというのに、シオは二番目に電話が通じてしまい、私たちはすごく具体的な、ほろ苦い失望を味わった。

パフォーマンスでは、レジーは全身をまるでブッダみたいに金色に塗りたくっていた。小さなバナナキャンディーの包み紙をはがしては、キャンディーを舐め、自分の体に貼りつけていく。これが一時間つづいた。

体がキャンディーで覆われつくし、袋の中にキャンディーがなくなると、レジーは神様みたいな踊りをはじめて、上手に歌も歌った。

レジーは私たちにあいさつに来られる状況じゃなかったし、私たちもパフォーマンスの最後まで残っていられなかったのだけど、彼は感謝しているように見えた。たぶんね。

画廊の外に出ると、側溝の中に、ボール状になった黒髪があった。

「たぶん、あれはコレタっていうものだ」とシオが言った。「どこかで読んだことがある。クリップで留めるつけ毛だよ。闘牛士がつけるんだ」

どこに行ってもしょっちゅう髪の毛を見かけるの、という話をしたところ、シオは驚きもせず、そんなに特殊なことだとも思わないようだった。

「たとえば、今度は靴下に注意を向けてみたらいいかもしれないね」とシオが言った。「靴下はどこにでも落ちてる。とくに赤ちゃん用靴下。ほんとだよ、ほら」そして、シオが指さした先の歩道には、淡い青色のなにかがあった。赤ちゃん用の小さな青い靴下だ。

4月20日

今日はパパの誕生日なので、授業はうちでおこなわれる。ママは読書会を欠席し、一緒にいる予定だ。

私はケーキを焼いた。金魚をもう一匹買ってあげた。もっと高級なやつ。ペットショップに行って、きれいだけど控えめで、これ見よがしなヒレをしていない金魚を選んだ。水槽に入ると、彼（それとも彼女？）はごくり、ごくりと水を飲んだ。

シオはまたちがうサンゴとパパへのバースデイカードと私への本をたずさえてやって来た。先日借りていった本とおなじ厚みの本を私に貸すことで、本棚の穴をふさごうというのだ。

男子学生はこぞってママにおべっかを使い、パパにまつわる面白エピソードを聞きだそうとしている。ジョーンが礼儀正しくほほえみながらママを避けていることに、私は気づいた。ジョーンは講座に出ているほかの二人の女性とおしゃべりで盛りあがっているが、相手の二人はジョーンが心ここにあらずなのをわかっていないらしい。

ケーキには三十本しかロウソクを立てられなかった。チョコレートでアイシングされたチョコレートケーキで、おまけに表面にクルミがちりばめられている。火をつけると、ロウソク三十本でもかなりの迫力だ。

「これで私は三十歳だ」とパパが言い、ロウソクに息を吹きかけると、恐ろしいほど炎が大きくなった。パパはケーキを一切れ食べ、二つ目を自分で切った。

「あの最後の一切れを食べた記憶がない」とパパはあとになって言った。「うまかったのは覚えてるんだが」

4月22日

ジョエルから電話がかかってきたとき、ちょうど一ドルショップで運動用靴下のセットを吟味していたところだったので、私は電話に出なかった。だけど、私ったらなにをやってるんだろう? 靴下に見入っているふりをこんなに長いことしているなんて。私は黒い靴下を選び、ショッピングカートに放りこんだ。ジョエルが留守電になにか入れたか確認したところ、メッセージが一件入っていた。

「ルース」とジョエルの声が言う。「ほら、あのすごく小さいヤギ、ピグミーゴートをちょうど見かけたところなんだ。名前はノア。それで……」ジョエルは間を置いた。「どうして電話したのかな。たぶん、きみならあの子を気に入ると思って。ヤギの瞳孔が長方形だってこと、忘れてたよ」

家に帰り、新品の靴下をはこうとしたら、爪先の部分にピンクで〈活動中!〉とプリントされているのに気づいた。

そして、あとになって、一人になったとき、ほんと、ほんとにこらえようと必死になったんだけど、それでも私はジョエルがヤギについて残したメッセージをもう一度聞いた。

〈ヤギの瞳孔が長方形だってこと、忘れてたよ〉

〈たぶん、きみならあの子を気に入ると思って〉

4月25日

「本当なの？」私はグルームズに電話をかけて、尋ねた。「毎日、私たちは十万個の脳細胞を失ってるなんて」〈ロサンゼルス・タイムズ〉紙で読んだのだ。

「ええ」とグルームズは答えた。「本当よ」

4月27日

一八六〇年と一八六一年、電信が実用化される以前のこの時期、早馬便ポニー・エクスプレスが西海岸と東海岸を結ぶ最速の通信手段だった。名声を博した配達人がいたほどだ！　もちろん、ポニー・エクスプレスはシエラネバダ山脈を越えたのであって、南カリフォルニアを通りはしなかった。でも、馬に乗って授業を受けたら、教育上、有益なんじゃない？　私たちはそうパパに提案した。パパはうれしそうに賛同してくれた。

馬の背に乗ったパパはポニー・エクスプレスについての有益な情報を大声で叫んでいる。パカパカという音にまぎれて、パパの声は聞き取りにくい。

私たちの前にはカップルがいて、おなじように馬に乗り、のんびり進んでいる。まだら模様の馬だ。そのお尻から糞が落ちてきたので、私たちはよけた。すると男のほうがこちらをふり向いた。私の心臓が飛び出しそうになる。レヴィンだ。

「ハワード」とレヴィンは言い、それから私を見て、シオを見て、ジョーンを見て、そしてほかの学生たちを見た。「これはなんだ？」

「ポニー・エクスプレスについて学んでいるところだ」とパパがおずおずと説明した。「ちょっとばかり独創的だが」と、笑いながら言う。

「どういう意味だね？」とレヴィンは淡々と訊いた。

「こんなところでお会いできるとは奇遇ですね！」と私はパニックになって割って入った。

「私のカリフォルニア史の授業だ」とパパが言った。

「なんのカリフォルニア史の授業だって？」とレヴィンが言った。パパはレヴィンを見て、それから後ろにいる私を見た。そして、唐突にパパは悟った。

「どうやったら馬を止められるんだ？」とパパはつっけんどんな声で言った。パパの馬が急に前に進みはじめる。

馬は立ちどまり、体を揺すった。パパは出口を探しているみたいに周囲を見回した。

シオが馬から降りる。「両手を馬の首に添えて、前傾してください。それで、右脚を大きくふって、滑りおりて」みんなが見つめる前で、シオが手助けしに駆け寄った。

「そこから、滑りおりるんです。僕が手を貸しますから」

シオはパパの腰に両手を添えた。パパが不器用に降りてくる。あおむけに倒れかけたけれど、シオが受けとめた。

「先生」とシオは馬の手綱をつかみながら言う。「わけを説明させてください」

「行こう、ルース」みんなの後悔のにじむ眼差しを避けながら、パパが言った。高校生だった私がパパの気に食わないことをしでかしたときに、こんな口調で話していたっけ。

家までの車中、パパは一言もしゃべらず、家についてからも一言もしゃべっていない。ただコーヒーをポットいっぱい作り、それを持って書斎に消えた。

4月28日

私たちはまさかこんなことになるとは思っていなかった。

みんなが電話をかけてくる。メールを送ってくる。

悪気はなかったんです!

みんな先生が大好きなんです!

そういうのがつぎからつぎへと。

パパは書斎に閉じこもっている。シオからの電話にも出ようとしない。

私はトルティーヤをドアの下から滑りこませた。パパはその一枚にボールペンで〈ほっといてくれ〉と書いて、こちらに押し戻してきた。

5月1日

パパは相変わらず、だんまりだ。シオがうちに来て、一緒にドアの前に陣取ってくれた。

「すみません、先生」とシオはドアに向かって声を張りあげる。「嘘をつくべきじゃありませんでした」

私たちはそのまま、何時間もドアの前に居座った。チェスを数局やった。

とうとう、ドアの下からメモが出てくる。〈瓶の中におしっこをする寸前だ。頼むからどこかに行ってくれ〉

私たちはそれでも居座りつづけるべきか考えた。それから立ち去った。

5月2日

先日買ったえさを鳥がついばんでいるところをまだ一度も見かけてないのに、なぜか、えさ入れの中のえさは減っている。ここのところずっと、どうしてだか理由を考えていたけど、さっき目撃した。リスが一匹、鳥のえさをむさぼっているところを。そして、パパはまだ私と話そうとしない。

5月3日

今日、書斎のドアの前に、額縁が高く積みあげられていることに気づいた。パパの教授時代の賞状の数々だ。

ママが全部まとめて、片付けた。「あの人の気分が良くなったら、また戻せばいいのよ」とママは言った。

5月4日

パパが書斎から出てきたけど、まだ私が気に食わないみたい。ママとしか口をきかないし、その声もわざとらしいぐらい小さいので、私には聞き取れない。

私に対しては、二言、三言以上は言わない。たまの質問程度。「コーヒーはどこだ？」とかそのたぐい。

5月7日

金魚が太ってきている。ずばり言うと、肥満体だ。

今日、その理由がわかった。私が観察していると、パパは金魚にえさをやり、座り、それから数分後、立ちあがってまたえさをやっていた。

5月11日

こんな話を読んだことを思い出した。世界最初のアルツハイマー病患者アウグステはカリフラワーと豚肉を食べていたとき、なにを食べているのかとアルツハイマー博士に尋ねられて、「ほうれん草」と答えたという。

今日、それと似た感じのことがあった。私がポークチョップのジャガイモ添えを作ったところ、「いらない」とパパが言ったので、「パパのリクエストどおりの料理よ」と私は言い返した。だって、たしかにパパがリクエストしたとおりの料理だったから。わざわざお店に行って豚肉とジャガイモを買って来たのも、なによりパパがリクエストしたからで、それで私はポークチョップのレシピを探して、とびきりのを見つけた。まず豚肉を塩水に入れて、それからリンゴとバルサミコ酢と一緒に焼いたのだ。

「トマトは食べたくない」とパパは言った。

「トマトは入ってないから」と私は言った。すごく穏やかに。

それからどうなったかというと、パパが私に怒鳴りはじめたのだ。私は子どもじゃないとか、私はトマトがどんなものかわかっているとか、これはトマトだとか、私はお前の父親であり、お前の問題は父親に対して敬意を示せないことにあるとか。私がとっさに思ったのは、ステーキナイフを片付けなくちゃということだった。だって、こんな状態のパパをいまだかつて見たことがなかったし、怖かったから。私はナイフをお尻のポケットに入れた。パパは私がナイフをしまったのを見て、娘に危険人物だと思われた、侮辱されたと感じたようで、自分の皿を手に取ると、壁に向かって投げつけた。案の定、粉々になった。

私は残りのステーキナイフを全部、銀食器入れの引き出しから取り出し、急いで家を出ると、まだがたがた震えながらナイフを捨てた。全部、歩道の端に放り出した。家の中に戻ってみると、パパは二階に引っこんでいた。

私は皿の破片を掃いた。掃除は心を落ち着かせてくれた。充分に落ち着いたと感じてから、自分のために料理をよそった。テレビの前で、ジャガイモはスープ用スプーンで食べ、ポークチョップはまるでピザ一切れみたいに片手ですくいあげて食べた。オプラ・ウィンフリーの番組をやっていたけど、消音にして、ときたま字幕に目をやるもののほとんど読まなかった。番組は長生きしている人たちのとっておきの秘密を扱っていて、私は熱心に見る気になれなかった。だれだって秘密の一つや二つはある。百五歳で秘書兼主婦の女性にとっては、とっておきの秘密はセックスをしないこと。ある男性にとっては、冷水シャワーを信奉することだ。私はソファのほつれた糸をむしり取っていく。ふと思う。ここで日がな一日座って糸をむしっていたら、ソファはすっかりほどかれて、なにもなくなるんだろうか？


ライナスがなにか察したのか、突然、電話をかけてきた。

「これから家に帰る」と電話の向こうでライナスが言う。春学期が終わり、論文に取りかかっているところだそうだ。

「もう、飛行機のチケット買ったから」と弟は言う。

どうしてチケットを買ったのか、リタとのあいだになにかあって、彼女が無料チケットを手に入れてくれなかったのかと尋ねたかったけど、尋ねなかった。

5月13日

空港では、片手で自分の胸をおさえた女性が、チケットカウンターから出発ゲートまで全速力で走っていた。私に花を売りつけようとしてくる人もいた。ライナスに菊の花でも買ってあげようかとも思ったけど、そのとき、私ののっぽな弟が見つかった。ほかの人たちよりも頭一つか二つ分高くて、肩にグリーンのダッフルバッグをかけている。

たとえ今回のライナスみたいに短時間の旅でも、飛行機のあとに人がほしがるものといえばサンドイッチ以外にないから、私たちは家にすぐには帰らなかった。サンドイッチのためにロサンゼルスの中心部に寄って、私たちのお気に入りの食堂に入った。ボックス席で向かい合わせに座り、ダッフルバッグは足下に置く。というのも、弟は車内に荷物を置いていくと病的なまでに心配してしまうから。

私たちの右側のボックス席にいる男は、ジョン・トラボルタかも。トラボルタと一緒にいるのは、背が低く、はげて、太った男なのだけど、こぢんまりとまとまっていて、どういうわけだか魅力的に見える。二人とも食べているのはサラダだ。

ライナスと私はラミネート加工されたメニュー表に見入ったものの、すでになにを注文するかは決まっている。私は、具材を全部挟んだルーベンサンドイッチで、両側のパンにバターを塗ったもの。それからコールスローもほしい。前菜として、ニシンの酢漬けを二人で分け合って食べたい。私たちにとって決まりきった注文内容だから、危うくウェイトレスに頼むのを忘れそうになった。

「あの人の調子は？」とライナスが訊く。

「ええっと……」と私は言う。「娘を溺愛してはいないわ」

この日、パパは鉛筆という言葉を忘れていた。シャーペンのことを松葉と言った。そのあと、松の木の前を二人で通りすぎたとき、今度はパパは松葉じゃなくてペンと言った。

太った男がジョン・トラボルタに話しているのは、最近強情になった妻のことだ。それも、飼い犬が妻の胸のあたりをやたらかぎまわったとき以来、そうらしい。

「シュナウザーって犬種はがんの匂いがわかるって、うちのやつが小耳に挟んで」と太った男が言う。

「やつらなら、できそうだな」とジョン・トラボルタは言った。それから、ウェイトレスを呼んで、チーズケーキを一切れ頼んだ。

「お前もいるか？」とトラボルタは太った男に訊いた。

「百三十キロの大台に突入しそうでね」太った男はちょっとだけ笑った。「だが、もらおう」

私はライナスに昨日のことを話した。パパが魚のオイルのカプセルを間違って大量にのんでしまった。まずは吐いて、それから鼻血を垂らしはじめたので、吐いたものやら血やら、全部拭きとるのに私とパパはペーパータオルを丸々一ロール使った。パパは困惑していた。このことをママに言わないと私は約束させられた。約束した以上、夕食のあと、ママに今日はなにか面白いことがあったか訊かれても、白状しなかった。

パパが玄関ドアのところに立って、私たちの帰宅を待ちうけていた。

「やあ、パパ」とライナスは言った。警戒した声だ。

「お前か」とパパは言った。パパはライナスのバッグを手に取り、空いているほうの手でライナスを抱きよせた。最初、ライナスの肩に手をやろうとしたのだけど、身長差がありすぎて、最終的にはライナスの腰に手を回すことにしたのだ。私たちは家の中に入り、なにも問題がない普通の人たちみたいに、パパがいれてくれたコーヒーを飲んだ。とにかく最初のうちは。

リタは最近どうだ、とパパが訊き、たぶん元気にしてると思う、とライナスは答えた。

「たぶん」とライナスは念押しする。

「リタにとっては、ほんとのところ、うまく行ってなかったんだ」抑揚のない声だった。

「それは残念だな」とパパは言った。本当にそう思っているようだった。パパがライナスの肩にふれると、ライナスは少し身を引いた。

「大丈夫だよ、パパ」ライナスはコーヒーカップを下ろし、ダッフルバッグを拾いあげた。「どうだっていいことだから」

ママの帰宅後、ソファのところでママとライナスがひそひそ声でしゃべっているところを見かけた。テレビはついていたけど、二人とも見ていなかった。ママはライナスの腕に手をそえ、なにか言っていた。ライナスは頭を垂れて聞いていた。パパが二階から私になにか怒鳴っていたので、二人の話の内容はほとんど聞き取れなかった。

5月15日

言うまでもなく過去にはできてたことなのに、今、私たちはどうやってこの家に一緒に住んでいればいいのかわからない。少なくとも、パパとライナスと私はそうだ。リビングでパパがライナスに大学での勉強について尋ねては、そっけない返事をもらっている。キッチンでは、パパが戸棚からなにか取ろうとしたり、なにか拾おうとして屈んだりするのを見かけるたび、ライナスが「それぐらいやってあげるから」と言ったりする。

「遅いバースデイプレゼントだけど」ライナスはパパに小さな包みを手渡す。

クロスワードパズルの本だ。

「頭をしゃっきりさせとけって?」パパは笑った。

ライナスはへそを曲げた。「気に入らないなら、返して」傷ついた表情で言った。「どうだっていいし」

「ちょっと待って」と私は言い、二階に駆けあがり、オレンジの形の消しゴムがついた鉛筆を持ってきた。それをパパに渡す。「クロスワードに使って」

5月18日

ジョーンが電話をかけてきて言った。「お父様と話をさせてもらってもいい?」それを私に言う?

「いい考えとは思えないけど」と私は言った。

「よくわかるわ。でも……」

「ねえ、私はあの人の娘なの」

「彼は私のことを覚えていないのよ」とジョーンは静かな声で言った。

「あなたとの、なにを忘れたのかしら?」と私が言うと、ジョーンはすっかり黙りこんだ。

「短期記憶ですね」真っ先に失われるものだと、以前、ラング先生が言っていた。

5月19日

パパへの手紙を私に託そうとするなんて、あの女は神経が図太い。郵便受けに入ってて、宛名は私の名前になってるけど、私あての封筒の中には封をされたパパあての封書が入っている。

もちろん、捨ててやる。

5月21日

今日、学生が何人かうちに来るから、とママが言いだし、買い物リストを手渡された。私がお使いから帰宅すると、ジョーンがいて、シオもいて、みんなで大皿にクラッカーを並べている。

「ルース！」とジョーンが言い、私を抱きしめた。

私が袋の底からブリーチーズを引っ張りだすと、まずいことにつぶれてしまっていたけど、シオが形を整えるのを手伝ってくれた。

どうしてジョーンを呼んだのよ、とか、どうしてこんなことになってるの、とかシオを問いただしたくてたまらなかったけど、その隙がない。シオは敬愛する先生と一緒にいられることがうれしくてたまらず、つまり、なんとかして許してもらおうと思っているようだ。

夕食はテイクアウトのタイ料理だ。カレーはボウルに、パタヤ・サラダは大皿に移され、ランチヨンマットとフォークとナイフとナプキンも用意された。ジョーンが座ったのは、彼女が学生であること以外にどういう人だか、あるいはどういう企みがあるか知らないライナスの向かい側だ。私はシオの向かい側。両親はテーブルの端と端だ。

まるでジョーンとシオが、ライナスと私の大学時代からの恋人で、紹介しに連れて帰ってきたかのような雰囲気で夕食は進んだ。パパとママはジョーンとシオの子どものころについて尋ねた。そしてお返しに、ライナスと私の子どものころの話を披露した。ジョーンとシオはお上品に笑った。かつての私たち、今の私たちじゃないその姉弟の話はとってもかわいかったから。これで、私とライナスが一緒にお風呂に入っていた時代があり、あるとき、うんちがぷかぷか浮いていて姉弟で互いに相手を指さしたが、いまだに両親はどっちが犯人なのか確信の持てる答えを見つけられていない、ってことを二人に知られてしまった。もちろん、私たちが真実を語ることはないだろう。私はずっとパパがどこに目をやっているか観察していたけど、普通だった。パパはあの女に特別な注意など向けていやしない。だれかがしゃべっているときは、きちんとその人のほうを向いている。そうこうするあいだも、私はシオの目が自分に注がれているのを感じる。私はどうしてもシオと目を合わせる気になれない。

二人はそろって帰っていった。ライナスがさっさと食洗機に食器を詰めこんで二階の自分の部屋に引っこみ（ノートパソコンでテレビを見てることは、漏れてくる音でわかる）、パパも寝室に入ってしまうと、最後は、キッチンに残って黙々と皿を拭いているママと私だけになった。ママは白い大皿の表面に白いふきんで円を描いて、水気を吸わせている。大皿を持っているママはとても小さく見える。やっとママが口を開いたかと思ったら、ジョーンのことをかわいいとかなんとか言いだした。「かわいい人だったわね」と。

「くそったれよ、ママ」と私は言った。怒りがこみあげてきて、言わずにはいられなかった。

「なにがくそったれなの、ルース？」とママは落ち着いた声で訊いてきたけど、私はすでに自分が言ったこと、これから言おうとしていることを後悔していた。

「ここで私に最後まで言わせたい？」と私は言った。

ママは大皿を片付けた。どこかにぶつけて割りそうな雰囲気だったけどそうはせずに、今度はテーブルからグラスを一脚取って、磨きはじめた。

「そういう言葉づかいは感心しないわ、ルース」とママはすごく穏やかに言った。いつもどおりの言い方だった。

「パパにとってあの女はもうなんの意味もないから」と私は言った。

「それで、なにを知ってるっていうの？」ママはずばり訊いた。

「ママがこんなひどい目に遭うべきじゃないってことよ。あの女とパパのあいだのことはもう終わった。それがどういうものだったにしても。ママはちっとも悪くない」

ママはなにも言わない。少しだけいらだっているように見える。まるでだれかに思いがけなく、温水の入った風船を渡されたかのようだ。

「パパはね、覚えてさえ、いないの」と私は強調するように言った。

ママはなにも言わない。それが意味するところはわかる。〈だけど、私は気にする〉って意味だ。

ママは私の言葉を無視した。そして、代わりに言った。「あなたにそんな権利はない」と。

ママがこう言い切ったことに驚くなんておかしいかもしれないけど、実際、私は驚いた。

「どうして、家に寄りつかなかったの、ルース？」とママは落ち着いた声で訊いた。「どうして都合をつけて帰ってきてくれなかったの？」

これにはなんと答えてよいかわからない。

本音を言うべき？　ママが苦しんでいるのを見たくなかったから。不安が的中してるなんて確認したくなかった。ママを助けず、ママを救わず、ひとりぼっちにしておけば、自分の恐怖と向き合わずにすんだから。

やがて、ママが静かに言い足した。「こんなふうになるなんて思ってなかった」

「なにが？」と私は訊いた。

「娘を持つってことがよ」とママは答えた。

ママは黙ってゴム手袋を脱いで、私に手渡した。「もう結構」とママは静かに言い、皿のことは私にまかせて去っていった。

5月22日

今日、仕事から帰ってきたママは夕食も口にせずに、寝室に一人閉じこもってしまった。パパのためには、書斎のソファにキルトの掛け布団を置いていった。枕がなかったので、私が自分のベッドから一つあげた。パパは心底、困惑していた。

5月23日

ママは仕事に出かけて、夕食後に帰ってきた。どこに行ってたのと私が訊くと、ママは一言、「スイミング」とだけ言い、後ろ手に寝室のドアを閉めて、鍵をかけた。

5月24日

三日目の夜が来て、パパはドアを激しく叩きながら叫ぶ。「アニー、愛してる！」まるでここが大学寮で、パパは十九歳で、ドラマチックな愛情表現をしているみたい。でも、ドアは開かない。もしかしたらママは窓からこっそり出ていったのかも、と私たちは思う。世界はいつもこうだ。だれかがドアのこちら側にいれば、向こう側に別のだれかがいる。

夜遅くに大学で起きた出来事を今も覚えている。私は食堂にいて、これから長い夜を勉強にいそしもうと、マグカップのお湯にティーバッグを浸していた。窓の外は雪景色で、カリフォルニアから引っ越してきて大学で最初の年をすごしている身としては驚嘆すべき光景だった。まあ、そのあと二年半のうちにあきあきした光景になったのだけど。とにかく、私は雪を眺めていた。

そんなときにライナスから、動転した声で電話があった。パパが帰宅してないうえに、ママはいつものママを貫き、忍耐強すぎて寛容すぎるというのだ。ライナスはその常軌を逸した忍耐強さを見て、ママの頭がおかしくなったんじゃないかと考えた。ライナスは心底なにか手を打ちたがっていたけれど、自分になにができるのかわからないようで、私もわからなかった。

「ママは自分がこんな目に遭うのは当然だと思ってるみたい」とライナスは言った。「そんな感じなんだ」

「わけがわからない」と私は言った。寮の外では、寮生たちが雪で巨人をいくつかこしらえているのが見えた。雪の巨人は性的な行為にいそしんでいる姿になっていた。

だれがなにを記憶していようと、たいした問題じゃない。私はそう思う。だれかがなにかを記憶していること自体が大事なんだから。

5月28日

今日、お前は私に「ディック」（意味は刑事、ペニス、辞書など）ってなんのことと尋ねた。私がどの意味で話を進めようかと考えていると、お前が言った。「パパが一つ持ってるって、ママが言ってた」

今日、お前は両方の耳の穴にママのイアリングを詰めこんだので、私たちは揺すって出さなくてはならなかった。

今日、お前が「おたく《ナーズ》ってなに？」と訊いた。「賢くて、ある一つのテーマにとっても関心がある人のことだ」と私が答えると、お前はママに言われたと言いだした。あなたの肘には〈おたく〉がない、だからそこを自分でつねっても痛くないんじゃないの、と。それは神経《ナーヴズ》だ！　そう私は気づいたが、訂正しなかった。

私はそのページを破りとった。びりびりに破いて捨てようとしたけど、できない。ポケットに入れておいて、あとで捨てるか、ポケットから出すのを忘れて洗濯機に破壊させようか。

なにもかも、うまくいかない。なにが問題かはわかってる。私が小さかったとき、ママは最高に素敵な女ざかりの年ごろだった。それなのに、今の私はどうしようもない大人で、なにもかもだいなしにするし、失望の種でしかない。

私たちは愛を伝えるにしてもすごく不器用だし、愛を与えるにしてもすごく不器用だ。人が互いに愛情を抱けるかどうかは、愛される側の人間とは無関係なのかもしれない。肝心なのは、その人の周りにいる私たちが何者か、その人のことを私たちがどう思っているかってことだけかもしれない。

私は怖い。こんなふうにママが消えてしまうまで、ママは私たちにひたすら与え、私たちはママから奪いつづけていたんじゃないかって。

5月29日

今朝の四時、玄関ドアを乱暴に叩く音がして、だれかが叫んだ。「警察です！」って。階段のてっぺんから私が見下ろすと、ママとライナスが顔をしかめながら警官たちと話していた。女の警官と男の警官が一人ずつ。警官たちは懐中電灯を光らせながら、こちらはハワード・ヤングさんのご自宅ですかと尋ねた。ママがそうですと答えた。

「二つ先の通りにある家のポーチに座っておられたんですよ」と警官たちは言った。「通報を受けましてね。近隣の方々は心配していました」警官たちの後ろにパパがいる。ボクサーパンツ一丁の姿で。

「どうやら、あなたの衣類はここにあるようですね」と男の警官が言った。ソファにはズボンとシャツが広がっている――まるでそこに置かれたみたいに。警官はパパのズボンのポケットに手を突っこんだ。「財布もここにあるようです」

パパはあっけに取られているみたいだ。座りこんでしまった。ママはお礼を言い、警官たちが出ていくと、おいおいと泣きはじめたパパの横に座った。しばらくは無言のまま、ママは両腕でパパを包み、頬にキスして、それから何度もとても優しい声で、「おばかさん、おばかさん」と言い、それからまた何回かキスをした。私とライナスは二人をそのまま残して部屋に戻った。

5月30日

ときどき私は、あれは意味があったのかなと考える。なにか意味があったならいいんだけど。あれっていうのはつまり、ジョエルといたあの時期のことだ。たとえば、こんな日があった。私たちは釣りに出かけ、えさとしてチキンナゲットを使った。覚えているのは、その日の天気（そよ風が吹いて心地よかった）とか、太陽がどんなふうに見えたとか、私たちがどれだけ笑ったとか。最終的に、私たちは釣ったボラをみんな海に返した。

「なんてこと！　ここの魚、鶏肉を食べてる」私はそう言った。

「なんてこと！　ここの魚、ナゲット食べてる」とジョエルは言った。

それからジョエルは私を〈トミーズ〉まで連れていってくれた。そこで私たちはサングリアをピッチャーで何度も、砂糖のとりすぎで具合が悪くなるまでお代わりした。

あれは素敵な夜だった。でも、今になってみると、なんの意味もなかったと認めるしかない。


どれに多少とも意味があって、どれに全然意味がなかったかがわかればいいのにと思う。今になって、自分があれだけの時間を費やしたことを思うと、すごく嫌な気分になる（「費やした」という言葉がぴったりだ）。それも、結局、重要じゃなかったと判明することに費やしたのだ。ほんとに大切だったことも、今後大切でありつづけることも無視して。

ジョエルのことがあり、フランクリンのことがあり、そのあとにごく短期間だけ、アダムという名の画家と付き合っていた時期があった。アダムはよく金持ち連中のことを「ボーアゴー」と口癖のように言っていて、私はずいぶんと時間が経ってからやっと、「ブルジョア」って言ってるつもりなんだと気づいた。でも、この言い間違いは大目に見てあげた。だって、私に人のことが言える？　私は長いこと、「参った！」という言葉は「終了」という意味だと勘違いしていたし、「十人並み」というのは「家庭的」という意味かと思ってた。

別れたあと、それも険悪な別れ方をしたあとに、アダムから封書が郵送されてきた。中に手紙はなしで、紐が一本だけ。いったいそれがなんなのかわからなかった。しばらく、デスクの上に置いていたけど、あるとき、正体に気づいた。アダムのペニスの周囲の長さで切った紐だったのだ。

弁護士のデイヴィッドとは三回デートした。毎回、行き先はステーキ店。デイヴィッドはいつも私よりも小食だった。そのせいで私は居心地が悪かった。二回目のデートでは初回とちがうステーキ店に行き、またもや最高級のサーロインを前にしてデイヴィッドは言った。「また二人でこういう店に来たいね」そう言われたとたんに、私は自分がそう思っていないことに気づいた。

パトリックは警察官だった。温厚で、優しくて、申し分ない男性に見えた。

ある夜遅く、だれかの新居披露パーティーでのこと、パトリックがこちらを向いて、私の右手を両手で持った。まるでなにか大切なことを言おうとしているみたいだった。

「どうしたの？」と私は訊いた。

「考えてたんだ」パトリックはあんまり賢いタイプではなく、正直、生まれてこの方ずっとそうだったように見えた。

「同時多発テロのとき、救助犬が活躍したって話、聞いたことあるだろう？　ほら、瓦礫《がれき》の下敷きになった生存者を見つける犬たちのこと。この前、人に聞いたんだけど、捜索のあいだ、犬たちは長いこと生存者を発見できなくて、すごく落ちこんだらしい。救助隊員たちは交代で瓦礫の中に隠れて、犬に発見させて、それで犬たちは捜索をつづける気力を取り戻したって」

「あなたは私をその犬みたいって思ってるの？　そう遠回しに言ってるわけ？」私はそう言い、すでにぬるくなったビールを呑んだ。パトリックが話しているあいだ、私はこのビールの味がなにに似ているか必死で考えていて、このときになってわかった。トルティーヤだ。このビールはトルティーヤ味だ。パトリックの声を聞きながら、私の気持ちを切り替えてくれる言葉をかけてほしいと願っていた——望み薄だってことは、はっきりしてたけど。

「いや、僕が言ってるのは、僕が救助隊員になれるってことだ」とパトリックは言った。「きみをびっくりさせてあげられる。それで、前に進む力を与えてあげられると思うんだ」

「ううん、ごめんなさい、パトリック」と私は言った。「見通しを語ってくれてるつもりかもしれないけど、そんなのうまくいきっこないから」

ここで少し間があいた。

「僕こそ、ごめん」ようやくパトリックが口にした言葉がこれだった。

先日、ボニーとしゃべっていたとき、私はジョエルについてなにか言ってしまった。ふとしたことでジョエルを思い出し、私がぽろりと口を滑らせたのだ。そして、二人とも黙りこんでしまった。

「あたしがあんただったら、ジョエルのことなんか忘れる」とボニーが言った。

「そんなつもりはなかったんだけど」

「そんなつもりがないのはわかる。あたしはただ言っただけ。あたしがあんただったら、あいつのことは忘れるって」

〈私があなただったら〉って話、全然理解できる気がしない。どうして「私があなただったら」なんて言うの？　あなたは私じゃないのに、どうして「私があなただったら」なんて言うの？「私は私だから」っていう前置きにしてくれたら、そのあとにどんな忠告がくっついてきても聞けるんだけど。

ボニーと私が友情を見失っていた一年間のことを、私はいつも申し訳なく思ってきた。その年、私はコネチカットにいるジョエルのもとに行くために医学部を中退し、ボニーと私は連絡を取り合わなくなった。ボニーは、ジョエルのもとに行くために中退するってのが本当に正しいことなの、と何度も尋ねてきて、私はそうじゃない可能性を考えたくなくて、電話を折り返さなくなったのだ。

二か月後、ようやく私が電話をしたときには、ボニーは遠回しな物言いをやめていた。

「ばかげた計画」とボニーは言った。「しっかりと考え抜いたとは思えない」

「あなただってアートスクールに進んだじゃない」と私は言った。これの意味するところは、あそこは大学とみなされていないわよね、ってことだ。

「あたしは助けようとしてるの」ボニーは電話を切る前に言った。「なのに、あんたは意地悪なことしか言わない」

最近、ボニーから聞いた話だと、私たちが口をきかなかった一年間、彼女は髪型をアフロにしていたそうだ。

ああ、そんな大事件を見逃すなんて。

アルツハイマー病関連の掲示板に、私は自己紹介とこんな文章を書きこんだ。

自分がこういうことをするのは、適材適所と言えるかどうか。
介護というのは、もっと心がきれいな人に向いていると思います。

それに対してついたコメントはこうだ。

・ここにいるだれ一人、一度だって、そんなこと考えたこともない。
・あなたは優しい心の持ち主よ。それか、そういう心を育てつつある人ね。
・介護とあなたの心にはなんの関係もない。
・「適材適所」ってどこから来た言葉か知ってる？　大工が使ってた言葉らしいよ。きちんと材木を使い分けようってこと。

つぎに挙げるのが、私の脳みそで無駄に場所を取っているもののリストだ。

・3.14159265
・世界の海峡、大きいのから小さいのまですべての名称

・映画『ミセス・ダウト』の脚本まるごと
・上書きできないVHSテープを、上書きできるVHSテープにする方法（テープの背にある小さな四角い穴をふさぐように、セロハンテープを貼る）
・ビリー・ジョエルの〈ハートにファイア〉
・クーリオの〈ギャングスタズ・パラダイス〉にそっくりな曲
・ジョエルが観た映画の一覧（去年までのデータだけど）
・オウム病について
・分類学のいろんな階層
・トランプのカードでは、スペードとクラブとダイヤのキングは口ひげがあるのに、ハートのキングだけは口ひげなしだという知識

パパの書斎は荒れ放題だ。もっと早くのぞいてみなかった私が悪い。ドアを開けると、ものすごい悪臭が流れでてきた。あちこちの引き出しに食べかけのサンドイッチが入っていて、パンにはかびが生えている。パパは本からページを破りとって、ほかの本のページと組み合わせているようだ。束ねたページを、工作のりと色画用紙で製本しなおしている。まるで、別々の本を一つに編集して、より良い本を、元の本をしのぐ本を作っているかのよう。

水槽にはベッドシーツがかけられている。いつからこんな状態だったのか見当もつかない。まだ金魚たちは泳いでいるけど、うろこの色が抜けている。小さな幽魚だ。

ペットショップに電話したところ、ビルが出てくれた。ビルによれば、金魚の細胞は光に反応して色素を作るものだから、心配しなくてもいいそうだ。金魚を暗闇に置いておくと、やがて真っ白になって当然だって。

一階でさっき、パパが小さなオレンジの皮をむいていた。今、パパはテーブルについて、実からはがされて一対の完璧な肺みたいな形になった皮を見つめている。

今、私は、こんな状況じゃなかったらよかったのにと思う。先日読んだ記事には、アルツハイマー病がかなり進行した患者はバナナやオレンジを皮ごと食べるようになると書いてあった。皮を認識できなくなってしまうらしい。

どの論文にも、死にいたる病だと必ず書いてある。

「だけど、終わりってなんにでもあるんじゃない？」と、私はだれに言うでもなく、声に出して言った。

6月1日

どういうわけだか、事態は良くなりつつある。

パパとライナスと私とで朝の散歩に出かけて、その途中で、楽しそうに自転車を乗りまわしている人たちを見かけた。私たちも家にある自転車三台のほこりを払い、乗ってみようという話になり、翌日に決行した。私たちは自転車で公営プールの前を通り、今度は絶対、水着を持ってきてひと泳ぎするぞと心に誓った。食料品店に寄り、アブラナ科の野菜を買った。図書館ではライナスがDVDを数枚借りた。聞いたこともない映画ばかりでほとんどが駄作だったけど、それも悪くなかった。

6月2日

お店にケッパーを買いに来たけど、見つからない。
「お困りですか?」と店員が声をかけてきた。
「ケッパーを探してるんだが」とパパが答えた。
「魚ですよね?」
「小さなオリーブみたいなやつです」と私は言った。
意外にも、店員はケッパーまでまっしぐらに案内してくれた。

6月3日

作ってみたい料理のレシピを、お気に入りに登録した。〈パターテ・コン・アニェーロ・スカパート〉、つまり〈逃げ出した子羊とジャガイモ〉という料理。家に子羊の肉はない。今から、〈逃げ出した牛〉入りのマカロニ・チーズと、〈逃げ出した豚〉入りのピラフを作るつもり。

ライナスはゲスト・ルームにいて、私の推測が正しければ論文を書いている。パパが浴室で歌っている声が聞こえてくる。〈トラックス・オブ・マイ・ティアーズ〉のスモーキー・ロビンソンの替え歌だ。「たしかにかわいい子だけど、あの子はただの売春婦《プロスティチュート》（「売春婦」は、実際の歌詞「代わりの人」（サブスティチュート）の空耳）で、きみは僕の永遠の恋人だ」

ママがなにも言わないまま、キッチンに入ってくる。ママはピーラーを取りあげ、ジャガイモの皮をむきはじめる。だれにもいつぶりかわからないほど久しぶりのキッチンへの登場だ。私は驚きすぎてなにも言えない。窓の外では、新しいお隣さんがインラインスケートで滑っている。女性はスポーツブラ姿で、男性は膝当てをつけていて、見るからに互いに腹を立てているのだけど、日課の運動をおろそかにするわけにはいかなかったのだろう。怒りながら滑っている。

ママがキッチンの端から、皮をむいたジャガイモを深鍋へと投げ入れる。私もやってみたけど失敗。ジャガイモはコーヒーポットの中に着水し、そこらじゅうにコーヒーがはねた。ママはもう一個、完璧に深鍋に投入する。私のは窓の外に飛んでいった。ママはお腹を抱えて笑った。

「コーヒーにジャガイモが入ってたんだけど」その後、ライナスが言った。

「ジャガイモが？」とママと私はまったく同時に、素知らぬ顔で言った。そして、二人で大笑いした。

6月5日

ママが車の運転をする気分じゃないと言うので、定期健診のためにかかりつけの病院まで私が車でママを送った。フロントガラスに映ったママの素敵な、白髪まじりのヘアスタイルに見とれていたら、停止している車にぶつかりかけた。これはまぎれもない事実——私のママは美しいのだ。ママは十九歳のときに背骨を折り、完治したあと、損傷した背骨のところにタトゥーを入れた。十代のころ、ママはジャムに入っていた種で前歯が欠けた。ママの目を見るといつも、私は種を抜いたオリーブの実を連想する。瞳孔が空っぽの空間だということを思い出させてくれるのだ。

待合室の蛍光灯の下だと、水のボトルを握りしめるママの透き通って静脈に富んだ手首は、余計に透き通って見える。パパがママのことをきれいだと言うのを、私は一度も耳にしたことがない。その代わりに、パパはよく言っていた。「アニー、きみはすごく記憶に残る人だ」って。

最悪の時期、パパは必ず水のペットボトルにジンを入れて、教室に持ちこんでいた。ある日なんか、ママはソファで酔いつぶれているパパを発見した。靴も履いたまま、ネクタイも締めたまま、まるで授業をやってるみたいな寝言を言っていた。

ママはパパに気づくと、仕事から帰宅した夫を出迎えるみたいに、靴を脱がせ、ネクタイもほどいてあげた。それからシャツのボタンをはずし、そっと体を移動させてズボンとボクサーパンツを脱がせ、朝まで全裸のままリビングで眠らせた。今になっても、ママはあの夜の行動が親切心からなのか、悪意からなのか、まだ自信を持って言えないらしい。

「私が一番懐かしく思っていること、わかる？」あるとき、ママが私にこんなことを言い出したのを覚えている。私が大学二年のとき、夏休みに一緒にメキシコに行き、マルガリータ二杯のあとにママは話しはじめた。「あの人が脚を折ったときのことが懐かしい」

パパが脚立のてっぺんから落ちた件だ。そもそもパパはバスケットボールのネットにたまった葉を取りのぞくために脚立に登った。あれは大昔のこと、私は十四歳だった。骨折のあと、後ろ向きに歩く練習がはじまった。医師からの指示だ。というのも、後ろ向きに歩くと、膝に負担がかからないらしい。後ろ向きに進むときはママがパパの両腕を持ってあげて、階段の昇り降りのときさえ手伝った。パパにはママが必要だった。それでママは懐かしくなるのだ。

「今でももちろん、パパはママを必要としてる」と私はそのとき言った。当時、それが事実だったかどうかは今もわからない。いずれにしても、それは事実になっていった。ママが望んでいたことなのだ。状況は、私たちが思い描いていたのとはたぶん、ちがうけど。

待合室のタブロイド紙で、こんな話を読んだ。女優のブレイク・ライヴリーの母親は、チークを切らしたとき、代わりに鎮痛剤アドヴィルをぺろりと舐めて、溶け出したピンク色を自分の頰にこすりつけたらしい。

ママを診るときとパパを診るときで、ラング先生は話し方がちがう。最近どうですかとママが尋ねると、先生はきちんと返答する。先生は旅行でバハマへ――子どもたちは抜きで、先生とラング夫人と二人だけで――出かけていたそうだ。

「ほら、これ見て」と先生はうれしそうに言いながら眼鏡をはずし、眼鏡フレームに隠れていたこめかみと鼻にできた白い筋を見せる。日焼けした証拠だ。

診察が終わりに近づくとラング先生は、介護者はしばしば自分になにができるでしょうとこちらに尋ねるんですよ、と話した。

実際のところ、やれることはなにもありません、と先生は言う。今を生きなさい、と。
「いわゆる、この瞬間瞬間を大事に、ってことですか？」と私は訊いた。
「そこまで厳密な話じゃなくて」と先生は言った。「でも、まあ、それでいいですよ」

6月6日

今、この瞬間――スーパーマーケットで私とおなじ通路に立ってる女性、犬のおやつ用の巨大な骨をバーベルみたいに何度も持ちあげている。

6月7日

今、この瞬間――鏡を見たら、ほっぺたに麵の切れ端がついてるのに気づいた。でも、最後にいつ麵を食べたか思い出せない。

6月8日

今、この瞬間――カツレツを作るために、パパの辞書をラップで包んで、肉を叩きのめしている。

6月11日

今、この瞬間――パパはジョーンのことを口にしていない。例の物理学者のことも口にしていない。

6月12日

今、この瞬間――パパがなにを言うにも南部っぽい鼻にかかった話し方をするので、ママが大笑いしている。

今、この瞬間――ママは笑いすぎて、大きなおならをした。

6月13日

今、この瞬間――私とライナスでソファを持ちあげ、引っ越しトラックからボニーの新しいリビングへ運びこんだ。ボニーの話だと、ヴィンスはアウディのコマーシャルを撮影中なんだって。

今、この瞬間――帰りの高速道路で、〈もっとエンダイブを食べて〉と車体に書いてある黒いトラックに気づいた。

今、この瞬間――私は叫んだ。「あれ、カールよ！」

今、この瞬間――「もっと速く、速く！」私はライナスに指示を出した。

でも、トラックに並走してみると、運転しているのはカールとは全然ちがう人だ。このトラック運転手はカールより太ってて、肌が青白い。

「カールってだれ？」とライナスが尋ねる。

「エンダイブを運んでる人」と私はとてもがっかりして答える。

6月14日

今、この瞬間——窓に水をかけて、窓枠にたまっていたテントウムシ百匹の死骸みたいなものを洗い流したところ。

6月15日

今、この瞬間——ライナスが夕食にフレンチトーストを作ってくれたけど、あいにくシロップを切らしていたので、私たちは新しいお隣さんのところまで行って、貸してもらえませんかと尋ねた。お隣さんはアントジェマイマ・シロップを持っていた。

6月16日

今、この瞬間——小さな男の子が両親に挟まれるようにして歩きながら、叫んでいる。「犬、嫌い！」その横をチワワを二匹連れたカップルがジョギングしながら通りすぎていく。母親のほうが身をかがめて、なにやらささやいた。そんなこと言っちゃいけませんってたしなめたのかも。男の子はもっと具体的に、かなりの大声で言いなおした。「小さい犬が嫌い！」

6月22日

今この瞬間——浴室でタイルを一枚はがした。隙間のシーリング材を引っ張りはじめると、ずるずると長くはがれて、まるで木桶のささくれみたいになった。

6月23日

今この瞬間――カーペット用洗剤を用意して、みんなで家具を全部動かした。コーヒーテーブルに足載せ台、ひじ掛け椅子を、タイル張りのキッチンのところまで。カーペットの掃除は午前中いっぱいかかり、その後は窓とガラス製の引き戸をすべて開けはなって、化学薬品の臭いを追い払った。

今、この瞬間――食料品店に牛乳を買いに行き、家に帰ってみると、パパがコーヒーテーブルに座っている。衝撃にそなえているのか、両膝のあいだに頭を入れている。まるで乗っている飛行機が緊急着陸しようとしているみたいに。

6月25日

今、この瞬間――ママは眠っていて、真夜中すぎに私とパパはテレビを見ている。パパが言った。

「きみは私の娘なのか?」

「私はあなたの娘よ」と私は言った。

「声がちがうようだが」

「どんなふうに?」

「いい響きの声だ」とパパが言う。

「それはどうも、ありがとう」と私は言う。

6月29日

今、この瞬間——電話がかかってきたところだ。シオからで、明日、外に朝食に出かけないかって。

6月30日

今、この瞬間——私たちは卵料理を食べている。シオがお姉さんの家を訪ねたときのことを話している。トイレットペーパーを巻き取ると、ホルダー部分からジョニー・キャッシュの曲〈リング・オブ・ファイア〉（「炎の輪」という意味）が流れてくるらしい。どうして「炎の輪」なんだろうとシオは言う。もっとその場にふさわしいものにしたらいいのに。

「〈うんちという名の少年〉（ジョニー・キャッシュには〈スー という名の少年〉という曲がある）とか？」とシオが言う。

「〈おしっこの海〉（ジョニー・キャッシュには〈失恋の海〉という曲がある）は？」と私も言ってみる。

「それだよ、それ」とシオが言う。

＊

シオがベーコンを持ちあげながら訊いてきた。「それでジョエルとは……きみ史上一番長い付き合いだったの？」

私はシオに、破局直後の暮らしについて話した。一人でピクニックしようと公園で座っていたら、鳩が一羽飛びながら、マカロニ料理を入れてきた私のタッパーに糞を落としたこととか。糞の部分だけ捨てて、食事をつづけるべきか否か、それはもう悩んだのなんの。

それから、〈ザ・マリーナ〉のレストランまで肉や野菜を運ぶ仕事をしてる友人のサムが、新しいアパートへの引っ越しを冷蔵車で手伝ってくれた話もした。一緒に荷おろしして、去り際にサムは礼儀正しく、私の背中をぽんぽんと、まるで年老いた死にかけの犬にするように叩き、幸運を祈ってくれた。私は、もちろん全然動揺してないからね、という意味の笑みを返した。サムはジョエルのことも私のこともおなじくらい好きか、あるいはそう見えるふるまいをしていて、当時、どっちつかずになっていた。

引っ越しの夜、家財道具すべてが冷えていたという話もした。ソファは冷たく、照明装置もスイッチを入れられないほど冷たく、ベッドは大きすぎるうえに冷たすぎて、私の体ではとうていベッドを温めるだけの熱を作り出せそうになかったことを。

新居で蛾を何匹もひっぱたいたこと、自分を叱りつけたことも話した。「なんてやなやつ！」一度、大声でそう自分に言ってやった。

それから、外国産の食料品のラベルを読みあげた話も。気づいたらパラグアイ茶の名前を朗々と発し、激辛のハラペーニョの缶詰も音読したことを。いかにも、恋人と別れたばかりで頭がおかしい人みたいだった。

引っ越し直後のある夜のことも。〈私たちの新居〉になるはずだったアパートへの帰り道、真夜中すぎごろで、私はほろ酔いだった。グルームズの指導どおり、二・五杯。呑みすぎとは言えないだろう。背中を丸めた男が一人、玄関前の階段に座っていた。片目は縫われたみたいに閉じていて、口に金歯をきらめかせている。私が目を合わせずに足早に通りすぎようとすると、男は言った。

「気をつけなよ」

「ありがとう」そう返すのに、少し時間がかかってしまった。

今、この瞬間——私は言う。「つぎはあなたの番」

シオの彼女の話。出会いは大学三年のとき、アルティメット・フリスビーのチームでのことだった。練習試合でシオは彼女に叩きのめされた。彼女は美しい声をしていた。いや、今もしているはず。

「その人とが最長？」と私は尋ねる。

「最長じゃないけど、一番強烈だった」とシオは答えた。

別れた理由は、彼女の主張によると、なんだかしっくりこないからだった。しかし、別れた二週間後には、彼女はおおっぴらに写真家の男といちゃつき、その男は彼女の写真を撮ってはインターネットに投稿するようになった。シオは暗室の夢ばかり見るようになった。夢の中ではだれもが小声で話し、赤く光っていた。

以上が、シオが今現在、話してくれていることだ。嘘じゃない。

今、この瞬間――シオがパパの書いた教科書を、キャサリン・ヘップバーンの声まねで朗読している。


今、この瞬間――私がこう言ってるところ。どうして当時、だれもかれもがあんなふうな話し方だったの？　キャサリン・ヘップバーンみたいな。

今、この瞬間――シオがチョコレートでコーティングされたクッキーを紅茶に浸すと、あっという間に溶けて大あわてしてる。

今、この瞬間――私の笑いが止まらない。

今、この瞬間――私は思い出しているところ。「悪く取らないで」そうジョエルは言ったっけ。でも、私は取ってやった。なにもかも悪く取ってやった！

そして、〈今を生きろ〉なんて言葉を含め、あらゆる言葉がつぎつぎと私からぼろぼろ落ちて、過去のものになっていく。

7月1日
私のノートパソコンのキーボードの中に、蟻《あり》が入りこんでいる。パソコンの前でアイスキャンディーを食べたあとにこうなった。蟻たちはここを新居と決めて、今ではかたくなに引っ越そうとしない。この一週間、蟻たちは私の小さな助言者になっている。

たとえば私は、〈何色のブラウス〉とパソコンに打ちこみ、それから蟻が一匹上がってくるのを待つ。もしも蟻がRのところから出てきたら、それはレッドの意味だし、Pからならパープルということだ。イエスかノーで答えがほしいときは、私は蟻がYかNのどちらかから出てくるのを待つか、とにかく近ければそれで良しとする（以前、Aから出てきたときはノーにして、Zから出てきたときはイエスにした）。質問はたいてい深刻なものじゃない。だって、まともに見えたほうがいいと思うから。私しか見ていないとしてもね。だいたいつぎのようなことを尋ねている。夕食はなににすべきかな？　アーバインであるパーティーに行くべきかな？　それとももっと遠く、ハイランドドパークであるパーティーのほうがいい？　今はこの質問をしている。私って、そこそこのいい人？　イエス？　ノー？

7月4日

よりによって七月四日に、ジョン叔父さんときたら氷を持ってくるのを忘れた。冷蔵庫は食べ物でいっぱい（ブロッコリーとブロッコリーじゃないものとで）なのに、だれもが面倒くさがって食料品店まで車を出そうとしないので、炭酸入りレモネードはぬるいまま。みんなで裏庭の折りたたみ椅子に座って、花火を眺める。花火の一番の見せ場は、ニコちゃんマークの花火——まずは目がバチバチいいながら現れ、つぎに口が現れる——とヤシの木みたいに見える緑と金色の花火——外側に葉っぱみたいな緑色で、内側に木の幹みたいな金色だ。

その夜遅くに私たちはまたお腹がすいたけど、パンを切らしていたのでパン抜きの冷たいホットドッグを食べて、〈ソース名人〉と書いてあるパパの古くてしみだらけのエプロンで、こぼれた油をぬぐった。

シオと私はぬるいレモネードのグラスをかちんと打ち合わせ、パン抜きホットドッグもぺちゃりと打ち合わせた。

「スマホに彼女の写真入ってる？」と私は尋ねる。

「彼女って？」

「例の、一番強烈だった相手」

「きみの相手も見せてくれるならいいけど」

「決まり」

まずはシオからだ。シオが撮影した至近距離からの写真。二人の顔と幸福感が画面いっぱいにあふれている。どうやらキャンプ中の写真みたい。二人の背後に二つの寝袋がやけにくっついた感じで並び、枕が一つだけなのが見える。よくある、やたらと長いキングサイズ枕。ヨセミテ公園で二人がすごした一週間のうちに撮った写真だ。

そのキャンプ中、夜間には食料を外に出しておかなきゃならないことを二人は忘れてしまい、熊が一頭、テントの中に入ってきた。

「僕らはもうおしまいだと思った。ここで死ぬんだって」とシオは言う。「二人で約束した。もしも生き残れたら、生き方を変えようって」

彼女はささやき声で、約束すると言った。二人は手に手を取って、愛していると言い合った。

「たった一分かそこらのあいだに起きたことだ」とシオは言う。

熊は少しのあいだ二人を見つめたあと、すっかり興味をなくしてぶらぶらと歩き去った。


私が持っている写真は、ジョエルと一緒にフロリダまで旅行したときのものだ。車をレンタルして、コネチカットからキーウエストまでドライブした。写真の私たちは日差しに目を細めている。休憩所に寄ったとき、ジョエルは私の携帯音楽プレーヤーを外から見える場所に置いていくのはまずいんじゃないかと言いだし、泥棒を思いとどまらせられると思ってか、レシートを一枚かぶせた。

私たちはジョエルが見つけた仕事のことでお祝い気分だった。マイアミの高級ホテルでお金を湯水のように使った。壁がすごく白くて、直視すると目を傷めそうな場所だった。ホテルには好みの枕を選べるメニューまであった。ホテルの窓からは小さな日焼けした人たちがイグアナみたいに砂浜に寝そべるのが見えたし、もっと小さかったけど本物のイグアナも見えた。

私たちの写真にたいしたちがいはない——そう、いかにも幸せそうな一組の男女。

彼女のことを話しているシオの声に、私は誇らしげな気持ちを感じとった。あからさまではないけど、たしかに感じた。どうしてシオの誇らしげな気持ちに勘づいたかというと、私はジョエルのことを話している自分自身の声に失望を聞きとっていたからだ。

それにしても、すごくきれいな彼女、と私はあとになって思った。どうだっていい、そんなことは。私はなるべく考えないようにした。

7月5日

悪夢の原因になるとわかっていながら、最近、〈野生化した金魚〉でインターネット検索するのをやめられない。そういう金魚は巨大で、でこぼこした顔になっている。どうして野生化するのかというと、ペットの金魚が死んだと思いこんで、飼い主がトイレに流してしまうせいだ。金魚は下水路に流れこみ、そこでどんどん育って、ネット上の写真を見るかぎり、ときにはサッカーボールなみに大きくなるらしい。

「パパ！」と私は叫ぶ。「こっち来て」

「大事なことか？」

「とっても！」

私の声の調子から、パパは自分の娘が大きなでこぼこ顔の巨大魚を見せたがっているとわかる。そう、正解。

「お前は異常だなあ」とパパはうれしそうに言う。「どれどれ、見せてくれ」

今回はデトロイトの北にある湖で揚がった金魚だ。釣り人は金魚の体を持ちあげ、幼い息子は母親のドレスの裾をつかんでるみたいに、泣きながら巨大なひれにしがみついている。金魚はというと、半透明のまぶたみたいなものが目を覆っていて、まるで眠っているように見える。そうだといいな。

7月9日

さて、今日から私は三十一歳。

自分への誕生日プレゼントとして、大学のレヴィンのオフィスに忍びこみ、あのゲス野郎のボールペンとそのキャップをすべて接着剤でくっつけた。ほかにどんなことだったら、逮捕されずにすむだろう。誕生日だからジンを買って大学に持ちこんだ。パパへのオマージュとして、水の透明ペットボトルに入れたのだ。小さめサイズのペットボトル。普通の状況でなら、無駄使いだしばかげていると思えるサイズだ。それから、私は生命科学学科の外にある噴水に、すごい勢いでつぎつぎと紙幣を投げこんだ。夏期講座に向かっている学生たちはこちらを見て教科書をぎゅっと抱きしめ、足取りを速める。

「ルース」と呼ぶ声が、十ドル分投げたところで聞こえてきた。シオだ。こちらに向かってくるシオは、一組のトランプみたいなものを持っている。シオが近づくにつれて、それがアイスサンドだとわかった。

「心の底から叶えてほしい願い事なんだね」ぷかぷか浮かんでいる紙幣に気づくと、シオはそう言った。彼は周囲をぐるりと見まわす。葉を落とした金のなる木を探しているかのようだ。シオは腰を下ろし、アイスサンドを重々しく数口で片付けると、立ちあがって包み紙を捨てに行った。また座りなおすと、シオはさっきよりも私の近くにお尻を動かし、ボトルを指さして言った。「それ、少しもらえる?」

私は肩をすくめて、ボトルを差し出した。シオは受け取った。

ジョエルとの終わりがはじまったことに私が気づいたのは、私がワインのコルクを抜いても、ジョエルが呑もうとしなくなったときだ。

なにかを分け合うことで関係ははじまり、分け合わなくなるときに関係は終わる。シオが普段よりも素敵に見えるけど、またしても酔ったうえでの思いだ。思いはつぎつぎとわきあがってくるのに、私はさいころをふるみたいにその全部をいい加減にふり落とす。

「それで、願い事って?」とシオがやっと言いだす。

「どうせ叶わない」と私は言う。

「きみが本心ではそう思ってないこと、僕ら二人ともわかってる」シオは注意深く、落ち着きはらって言う。

私は子どものころのあやまちをまた繰り返したくなかった。ボニーと一緒にあれだけ大量のお願い事をしたのに、今ではすべて忘れてしまっているなんて。そこで、自分の心のうちだけにとどめないと決めた。私がささやけるように、シオには前かがみになってもらう。柔軟剤のすごくいい香りがする。

「なんていう柔軟剤使ってるの？」と私は尋ねる。

「〈スナグル〉」と言いながら、シオは少し体を寄せてきた。

「ばかじゃないの？」私は身を引いた。

「いや、ふざけてないよ」とシオは言う。「それが新商品の名前なんだ。アプリコットの香りらしい」

「たしかにフルーツの香りね」と私は言う。どうやらシオはこれを決め台詞みたいなものだととらえたみたい。だって、直後にキスをしてきたから。そのまた直後、私はパニックになった。

「行かなきゃ」と私は言い、立ちあがり、急いで逃げた。


「酔っ払ってるの？」とライナスが電話に出てすぐ言う。「こんな時間から？　俺を誘わずに？」

「無駄口はやめて。迎えに来てくれない？」

車を歩道に寄せて停まり、私が乗りこむと、ライナスは無言のまま、〈ハッピーバースデイ〉の包装紙に入った柔らかなものを投げて寄こした。包装紙の残りは後部座席に転がっている。

包みの中身は四足の靴下だ。一ドルショップではお目にかかれないような良質な靴下で、爪先に字が印刷されていないタイプ。ライナスは靴下を全部、丸めてから包んでいた。

家に戻ると、ママがおばあちゃんのドレスを一着、私へのプレゼントとして広げていて、パパのほうはとうとう、例の古いノートを差し出すことにしたらしい。〈誕生日おめでとう、ルース〉と書かれた付箋が表紙に貼ってある。

もう一枚の付箋はこんなことが書かれたページに貼ってあった。

今日、お前はどうして「雲がない《クラウドレス》」という形容詞はあるのに、「雲がいっぱい《クラウドフル》」という言葉はないのか尋ねた。今日、お前は「ピッチャー」と「ピクチャー」のつづりにちがいがあるとは知らなかったと打ち明けた。お前はベーグルの上にトッピングされていた種をこそげ落とし、玄関先の花壇に植えた。ベーグルの木なんてものは存在しないと、告げるような仕打ちはできない。今日、私はいかれてる、ただただいかれてる、お前の魅力に。そう思った。

7月10日

二日酔いのなにがありがたいって、日常の価値を見直す絶好の機会になることだ。たとえば水。二日酔いのときにはとてもおいしくて、魅力的になる。

最低な一日であっても、翌日が今日よりはるかに良い日になると断言できるなら、そう悪くない。

「ルース」と留守電に入っていた声が言う。シオだ。「電話して。頼む」

カフェの陳列ケースに菓子パン、クロワッサン、ベーグル、アーモンドペストリーなどが並んでいる。蛍光灯の不吉な光の部屋に閉じこめられてるところって、待合室でそわそわしながら待っている人たちみたい。

私の前に並んでいた男性が「カプチーノを無脂肪乳《ノンファット》、スモールサイズで」と注文する。女性がすごくつっけんどんな態度でサラダを頼んでいる。

「こんにちは、おちびちゃん」カフェのドアの向こうで、ダックスフンドに話しかけている女性がいる。「こんにちは！」

私はこちらを見つめてくる赤ちゃんとにらめっこをする。〈生まれた人間〉の仲間であるその赤ちゃんは、大人には真似できないやり方で、深遠ななにかを見つめるように、私をじっと見つめる。私のほうが先に目をそらした。


シオには電話しない。だって、いろんなことを考えてしまうから。

どちらかが言うはず。あれは間違いだった、と。

どちらかが言うはず。好き、と。

どちらかが言うはず。酔ってたから。お願いだから、あれはなかったことに、と。

もう一方はそれに同意するかもしれないし、しないかもしれない。もう一方は煮え切らない態度をとるかもしれない。

可能性はいろいろだけど、なにが一番の問題になるだろう？

今後、どこかの時点でうまくいかなくなるときが来る。そう思うことが図々しいと言うなら、ええ、そう、私はものすごく図々しい。

図々しいほうがずっといい、と私は思う。おめでたい女になるよりも。

もう重要じゃないことをするつもりはない。納得できないことや、今後の見込みがわからないものには、もう手を出さない。そういうことはもうおしまいだ。


パパはこんなことを書いてた。


今日、ミッキーマウスの形をしたホットケーキを焼いてあげたのに、お前は、ちがう、これはちょうちょだと言った。ちょうちょにしては、ずいぶんと腹が出て、ずいぶんと貧弱な羽をしているが。

今日、お前は「たぶらかす」ってどういう意味と尋ねてきた。たーぶーらーかーすーってどういうこと？

今日、お前は自分の分のサンドイッチの角をかじったあと、これで角が取れて優しくなると胸を張っていた。

今日、お前は「劣ってる」と言おうとして、「踊ってる」と言っていた。

今日、お前がチューインガムを飲みこむ前に、止めてやれなかった。ほんの少し目を離したら、つぎの瞬間にはなくなっていた。すまない。

今日はお前の誕生日だったが、いざロウソクの炎を消そうというときに、お前はなかなか吹こうとしなかった。時間切れになりそうなのを、お前はすごく気にしていた。

なにをお願いしたらいいかわからない、とお前は悲しそうに打ち明けてくれた。ロウソクがすっかり燃えつきたあとにだ。

それでいいんだよ、と私は言った。新しいロウソクをケーキに立て、お前は炎を見事に吹き消した。

今日、お前はカクテルごっこで偽物のブラッディ・メアリーを作り、セロリの代わりに、ボードゲームで使う細長い棒をコップの中に突っこんでいた。二重否定は肯定になるが（たとえば、「私に飲酒問題がないわけじゃない」みたいに）、この偽の、偽のセロリを突っこまれた偽の、偽の飲み物は本物ということになるのだろうか？

今日、お前は砂を電子レンジに入れていた。ガラスを作ってる、と言っていた。

今日、お前はおばあちゃんのことを、「小さなママ」と呼んでいた。

今日、カフェの店先に立っているカラフルな黒板の前を通りすぎたとき、お前が私に訊いてきた。

「どうしてあの太陽の絵はお顔にブラジャーをつけてるの？」

「あれはサングラスだ」と私は教えてあげた。

今日、私たちは一緒に本を朗読していたが、お前は「ユニコーン」を「オニオン」みたいに発音していた。「最高に美しいオニオンが現れた！」って。「インコ」だって、「リンゴ」そっくりに読んだ。お前は実に楽しそうに読み方を覚えているね。

今日、私は時間を止められるなら、いったいなにを差し出すだろうと考えた。お前は私には高嶺の花だ。いつかお前が私のもとを去る日が来るのはわかっている。

私が差し出せるものを以下に書いておこう。

有り金すべて。歯を一本残らず全部。お前のおじいちゃんが、お前の大学進学のころには三十万ドルの高値がつくだろうと言って私にくれた、あの特別な銀製の一ドル硬貨。どれでも差し出そう。残らず全部でもいい。お前がここにいてくれるなら。

7月11日

今日、パパが、全部書きとめておいてくれるか？　そうすれば忘れずにいられるだろうから、と言った。必要な木材のサイズのことだけど。

とにかく、「全部書きとめておいてくれ」とパパが言ったのだ。

オーケー、パパ、と私は答えた。だから、これから全部書きとめておく。

今朝、ママがサンドイッチを作っているとき、あなたは言った。エメンタールチーズに空いている穴は、〈眼〉と呼ばれてるんだ。ほら、チーズがきみを見つめているぞ。

今日、私がサーモンを料理したら、あなたは言った。食用に耐えられる味だな、って。

今日、あなたは昔の処方箋で作った古い眼鏡をかけている。

＊

今日、あなたは昔よく見せてくれたかくし芸を披露しようとした。ビール瓶のふたを紙一枚で開けるという芸。今日、あなたはジンジャーエールの瓶でやってみたけど、うまくできなかった。もっと前に教わっておけばよかった、と今日の私は心底思った。

今日、あなたは言った。「おしっこに泡が立つんだ。いったいどういうことだろう？」私は専門家じゃないから、ラング先生の病院に予約の電話をかけた。みんなでさあ出かけるぞというときになって、私は思い出した。そういえば私が手を滑らせて、便器の中に小さくなった石鹼を落としたんだった。

「パパに問題はない」と私はあなたに言った。「ほら、こういうことだから」

今日、あなたはバットマンそっくりに見えるタマネギを切っていた。

今日、あなたは太陽の光はバターのかたまりだって言った。「ナイフでスライスすることもできるぞ」とも。

今夜、私が桃の皮をむき、私たちは完成間近のテラスに腰を下ろした。月明かりの下であなたの顔には疲労がにじんでいて、キャベツの外側の葉みたいに細かいしわだらけ。私はいったいどんなふうにあなたに見えているんだろう。

今日、あなたは公園までふらふら歩いていってしまい、私が公園内の丘の中腹で見つけたときには、あなたはクローバーの花畑の中で大きな袋に入った豚皮のチップスを食べ、コーラを飲みながら、子どもたちが野球場でボールを投げるのを眺めていた。飲み物の売り子がカートをあなたのすぐそばに停めていて、人目を忍ぶベビーシッターみたいに目を配ってくれていた。売り子の男性は近づいてくる私を見て小さくうなずき、あなたが持っているのとおなじコーラをくれた。

「この人、どのぐらい前からいました？」と私は尋ねた。この人というのはあなたのこと、あなたがどのぐらいここにいたのかってこと。でも、売り子は肩をすくめただけ。まるで、心配しなくていい、なんにも問題はなかったよ、と言っているみたいに。

私はあなたの横に腰を下ろし、私たちはコーラで乾杯をした。あなたは私に豚皮のチップスをくれた。二人で一緒に子どもたちを眺めた。考えていることはいろいろあるのに、最近はそこまでたどりつけない、アクセスしづらくなってきている、とあなたは言いだした。すべての思考はガムテープでぐるぐる巻きにされた箱の中に入っていて、厄介なのはガムテープが巻かれすぎていること、厄介なのは中身を取り出すための適切な道具がないことだって。ハサミもなければナイフもなし。毎日新たな面倒ごとが起こるし、ガムテープの端を見つけようとしても、やたら手間暇がかかるんだ、と。

あなたは私に話して聞かせる。二十代のとき、あなたは神を信じてなかったけど、短期間、腹筋運動と正しい食生活と瞑想を信じて、その後しばらくは私とライナスとママを信じて、そうして今、あなたはガムテープでぐるぐる巻きにされた箱を、あなたのものであるはずの箱を開けられずにいる、と。

今、あなたはここにいる。私たち二人とも、ここにいる。

こんなふうにあなたは長々と話していたけど、その最中にも、私はどう言葉を返したらいいだろうと考えこんでいた。そんなときにあなたが訊いてきた。「思い出させてくれ。あれはどういう種類のボールだ?」

冗談だよという言葉を待ったけど、あなたが言いださなかったので答えた。「あれはベースボールよ、パパ」

「ベースボール」とあなたは繰り返した。

「グローブ」と私は言った。「バット、グラウンド」

「グローブ、バット、グラウンド」とあなたは繰り返す。まるでなにかのゲームみたいに。グー、チョキ、パーのジャンケンみたいに。

8月

今日、あなたは靴紐を洗った。
今日、あなたはお隣の猫に、スプーンでツナ缶のツナをあげた。

最近、あなたはまだ熟していないバナナを食べている。斑点がなくて、まだ薄く緑色がかっているバナナだ。私が房から何本か取って、ピアノ用のベンチ椅子の中に隠しておいたのだけど、ついさっき、この秘密のバナナの隠し場所をあなたに見つけられてしまった。
「アニー！」とあなたはママに心底驚いた声で呼びかけた。「ベンチの中に果物がある！」

今日、私は貝料理を初めて作ってみた。貝は水の中に入れて、少量のコーンミールをふりかけると砂を吐いてくれるとどこかで読んだ、という話を私は読んだのだ。実際、貝はまるで流行りの風邪に苦しめられているみたいに、咳をしながら何度も吐いていた。

今日、あなたはまた姿を消し、私たちを心底震えあがらせた。
今朝、私がコーヒーの入ったマグカップを渡そうと書斎の前まで行ったところ、返事がなかった。ノックして、それからドアを開けてみたら、姿がない。ライナスと私とで近所をぐるりと一度見てまわり、もう一度まわった。私はママに電話をかけて、パニックにならないでねと言ったのだけど、ママはやっぱりパニックになった。代用教員であるママは、代用教員の代用教員をやっとのことで見つけた。私たちは車で近所をぐるぐると何度もまわりながら、「ハワード！」とか「パパ！」とか叫んだけど、あなたの姿はどこにもない。私たちは三時間、こんなことをつづけた。すごく怖かった。

こうなったら家に戻って警察に通報するしかない。でも、帰宅したら、あなたは家にいた。私たちは怒るべきか、ほっとするべきかわからなかった。あなたの爪は銀色に塗られていた。光を反射して、爪はきらきら光っていた。

今日、ママがずっしりしたメロンを持って帰ってきた。亀裂が入っていたので、あなたは切る前からどれだけ甘いか香りでわかった。私たちは四分の一ずつ食べた。

私にとっては何年かぶりのメロンだ。だって、ジョエルがメロン嫌いだったから。

メロンってすごくおいしい。すっかり忘れてた。

今日、あなたが教えてくれた。州南部に吹く風〈サンタアナ〉は、別名〈悪魔の風〉とも呼ばれてるって。警察によると、その風が吹くときにはＤＶや殺人の件数が増えるそうだ。山火事が乾ききった草木で勢いを増し、丘陵地帯を這いすすむ様子を、私たちはテレビでよく見かける。

混乱したミソサザイが一羽、わが家のキッチンの窓に何度も体当たりした。窓の下枠にとまり、困惑した眼差しをこちらに投げつけ、繰り返し挑戦していた。

あなたは風が悪いんだと責めた。ライナスと私はストローでくじ引きをして、どちらが死体を片付けるか決めた。死体はおもちゃみたいで、とても小さかった。

今朝、ボニーが電話してきて、ヴィンスとの喧嘩のことを話して、言った。「あたしは月とマルガリータのせいだと思う」と。満月で、天体同士の力が対立してたから、人間関係にも対立の要素が持ちこまれてしまったそうだ。

*

地震があった。マグニチュード五・二だ。でも、あなたは気づいてさえいないようで、まるで飛行機の中にいて、よくある乱気流をくぐり抜けているだけって顔をしていた。震源地は州南西部のブレア市だ。それから一週間余震がつづき、その後はなくなった。

月のせいかマルガリータのせいか、先週、ヴィンスとボニーがはっきりしない理由で別れて、ボニーは静かに嘆き悲しんでいる。ボニーに言わせると、これこそ長年待ちのぞんでいたことなのだけど、それでも悲しいらしい。

日曜日に、私はボニーのアパートにいきなり押しかけた。ボニーは眼鏡をかけて、パジャマ姿だ。髪をベリーショートにしていて、とても魅力的だった。ボニーがあくびをしながらドアを開けた。

「出かけよう」と私は言った。

ボニーが助手席に乗りこむと、私は車を出した。外は暑くて、少なくとも気温三十八度、たぶんそれ以上だ。ガソリンスタンドに寄っては、トイレでペットボトルに水を補充した。あるトイレでは、女性が猫用のキャリーバッグの格子越しに、ウサギにえさをあげていた。あるガソリンスタンドでは、ボニーは水のペットボトルに青いフローズンドリンクを入れた。

〈ハドリー・フルーツ・オーチャーズ〉に立ち寄ってナツメヤシ風味のスムージーを買い、パームスプリングスで自動車旅行をしている人向けの元は教会だったモーテルにチェックインした。二人でテレビの〈ホーム・ショッピング・ネットワーク〉というチャンネルを見て、ダイヤモンドが並んだテニス・ブレスレットを有り金全部はたいて買おうかと考えた。だって、ほんと、スタジオの照明の下でブレスレットはとてもきれいに見えたから。

幼いころ、私はテニス・ブレスレットというものがテニス・ブレスレットと名付けられたのは、テニスボールの周囲が平均的な手首回りの長さと一緒だからだと思っていた。そう信じていたわりに、間違っているような気がしていた。ショッピングチャンネルの女性司会者がたった今、命名のいきさつを教えてくれた。一九八七年、テニスプレーヤーのクリス・エバートがダイヤモンドのブレスレットをつけていたところ、試合の最中にブレスレットがちぎれ、試合を中断してダイヤモンドをすべて回収する騒ぎになったからだそうだ。

朝になって太陽が昇ると、自分たちの日焼け具合がはっきりと見えてきた。私の左腕と、ボニーの右腕だ。私がボニーの腕の肌を押すと、一時的に白くなった。私は、〈ハーイ〉という字を押して描き、その字が消えていくのを眺めた。ボニーは泣き顔を描いた。

「髪を切ったあとにぴったりのハーブ、知ってる？」と私は言った。

「知らない。なに？」

「セージよ」

「へえ。どうして？」

「新しい髪型にしたら、やっぱりお世辞がほしいから」

「アハハ」とボニーがやっと笑った。私のために笑ってくれたのだ。

二人がかりで私の汚れた車の表面に、汚い言葉を指で書いていった。帰り道、車の窓に書かれた汚い言葉を通して、日光がきらきらと差しこんできた。


今日、あなたと私とでテラスをやすりがけした。早く作業を進めるために、一人一台、研磨機を抱えた。ゴーグルをかけ、耳栓もしたから、ママが夕食ですよと叫んでくれたのに、私たちには聞こえなかったし、ママの姿にも気づかなかった。二人ですべてやすりをかけて、それから化学ぞうきんで拭いたから、夕食時になっても私たちの手はべたべたしたままだった。手にフォークがくっつくほど。パパと私が握手すると、手を離せなくなった。

今日はすごく暑かったので、私とボニーとライナスで古い子ども用プールを見つけだし、ホースで水をかけて洗い、下半身だけ水着を着て、冷たくて浅い水の中に、水が温まるまで一緒に座りこんだ。温まったところで、今度はまた冷たい水を注ぎ足した。パパはシオと出かけている。ボニーがわが家では持ちこみ禁止になっているウォッカを密かに持ってきたので、私たちは魔法瓶の中にウォッカと粉末ジュースを注いで混ぜた。われわれの任務はすべてを呑みほしたうえで、証拠を消すことだ。

そのあと、私たちははしごをのぼり、パパがペンキを半分塗ったテラスの屋根にたどりつくと、部分的にピンク色になっている横木の上で仰向けになって体を乾かした。ボニーはライナスの隣でごろんと横になり、ライナスは眠そうに片肘をついて、空いている手でウォッカジュースが入ったワイングラスをつかんでいた。

やがて、ライナスが瞬間移動について話す事態になった。一定量以上のお酒を呑むと、ライナスは最後に決まってこうなるのだ。私は決まってクジラの話をすることになる。私が驚嘆せずにはいられないとっておきの事実、それはクジラのうんちが固体ではなく液体ってことだ。そのうえ、その液体うんちは栄養価が高い。

「もう一つ面白い話があるんだけど、豚の乳しぼりはできないんだって」と私は言った。「つまり、豚乳は入手できないのよ」

「それって、子豚たちが全部飲んじゃうから？」

「そう。子豚たちが全部飲んじゃうから」

「美しい話だよなあ」とライナスが言った。「美しくて完璧な話だ」

私たちは子豚のために乾杯していて、シオが近づいてくるのに気づかなかった。

「そんなところに上がって、なにやってるんだ？」とシオが叫んだ。ライナスは飛びあがって驚き、危うく落ちそうになった。

「あなた、だれ？」とボニーは最初、言い返した。それから、どうでもいいことだと思ったのか、ボニーが言い足した。「ほら、ウォッカジュース呑んで！」

もちろん、私は気が抜けたみたいに黙りこんだ。不安が急に押し寄せてきて、素面になった。

「ホームセンターはどうだったの？」とライナスが訊いた。あなたがギフトカードを使いたがったので出かけていったのだ。

「先生はお湯を沸かせるポットを一つ、買ったよ」

「ポットってみんな、お湯を沸かせるものじゃないの？」

「ほら、コンセントに差しこんで使うタイプさ。壁に取り付けるんだ」

「ねえ、この前のブロンドの子だけど」とボニーがやぶからぼうに言いだした。「あの子、だれ？　いちゃいちゃしてたわよ、その子とあんたのパパ」

ボニーはいつのまにジョーンを見かけたんだろう？

「それってつまり」と私は言った。「彼女がねちゃねちゃしてたってことよね？　暑い日に外にいたら、汗をかいて、肌がべたつくのも不思議じゃないから」

「あと六年だぞ、間違いなく」とライナスが言った。「瞬間移動が実現するまで。賭けたっていい」

「じゃあ帰るよ」とシオが言った。

「まだ行かないで」とボニーが言った。

「帰るよ」とシオはもう一度言ってから立ち去った。

今日、シオが野球観戦と食事のためにあなたを迎えに来てくれた。あなたが出かける準備をしているあいだ、私とシオはドアのところですごく、すごく短い世間話をした。

あなたはやけにたっぷり時間をかけて支度をしていた。ちょうどそのとき余震があった。おかげで間がもった。

今日、私たちはカボチャを何種類か庭に植えてみた。木になったイチジクを食べすぎたせいで、私たちみんな、めまいがして、動悸が速くなった。まるでコーヒーの飲みすぎみたい。この夏、私たちは庭に生えた丈の高い雑草を相手に悪戦苦闘している。戦うべきときもあれば、負けねばならないときもある。これって大事なことだと思う。私は鳥に粒えさをあげることに見切りをつけた。えさ入れにはプラムを詰めこんで、カケスにごちそうしてあげることにする。

*

今週、おなじ夢を毎夜見つづけている。つまり、連続ものの夢だ。前夜に見た夢のつづきから、毎夜、夢がはじまる。この夏の暑さとなにか関係があるにちがいない。

夢の中で、私たちはみんな一緒にいる。あなたとママとライナスと私、四人で大きな家に暮らしている。家にはペットがいる。五十八匹の犬たちで、あらゆる犬種が勢ぞろいだ。あなたが犬たちにえさをやり、愛情をかけて育てていて、あなたはふたたびあなたらしくなっている。すべてを覚えていられるようになっている。

最初の夜、最初の夢の中で、ラブラドールが逃げ出してしまい、あなたはすごく動揺した。私たちは夢の中で犬を探し、近所に張り紙をして回った。でも、犬はどこにもいなかった。それっきり消えてしまった。そして、私たちはあなたが去年の出来事を忘れていることに気づいた。それから、つぎはダックスフンド、そのつぎはプードルが家出した。犬がいなくなればなるほど、あなたは忘れることが多くなった。

最終的に、私たちはなにが起きているのか気づいた。あなたはこれまでの歳月すべてを覚えておくために、犬たちを使っていたのだ。あなたは特定の十二か月にあった出来事や特別な感情を、犬の目や耳に結びつけて覚えている。たとえば、野球の試合を目の黒い部分に、釣り旅行を犬の爪にだ。犬が十匹脱走してしまうと、あなたはその十年間のことをなにも思い出せない。やがて、十五匹目が逃げる。そのうち、あなたはライナスのことを忘れる。つぎに、あなたは私のことも忘れる。

ママは頭数を数えなくても、まだ三十匹の犬がいることがわかる。三十歳のときまでの記憶しかないあなただと、初めて会ったときのあなただと、ママにはわかるのだ。なれなれしくしたり、誠実に接したり、ママの気を引こうとすごく必死になっているパパ。

昨夜、私は六匹しか犬が残っていない夢を見た。夢の中で、あなたは床に座りこみ、干し草色をしたゴールデンレトリーバーを両手でなでている。

＊

今日、あなたが言った。私たちのＤＮＡはバナナのＤＮＡと五十パーセント共通してるって知ってたか？

男性は五十一パーセントね、とママがなにげない調子で、こちらに顔を向けもせずに言った。

私とあなたは目を見合わせた。下ネタのジョークだ！


今日、あなたとライナスと私はテラスの屋根をピンクに塗りおえて、家の色と調和させた。

「そんなに悪くないんじゃない？」と私があなたに尋ねた。

「まあ、そうだな」とあなたは出来栄えを確認しながら言った。「だが、そんなに良くもない」

すると、全身ピンク色になっているライナスが、笑いはじめた。ついであなたも、そして私も。

全員がどうかしてしまったみたいに、ピンク色のまま笑っていた。

９月

今日、あなたにスパゲッティを作ってあげたけど、ソースにコクがなく、酸っぱかった。砂糖と脂肪はあなたの脳に良くない。私は害になるものを混ぜたくなかった。

でも、今日、あなたは言った。科学者たちが研究に使っているネズミたちのことを考えてみろ、と。アルツハイマー病を患っているネズミたち、そいつらがなにを忘れるっていうんだ？　たくさんのことを忘れるだろうが、ピーナッツバターが大好物だってことだけは決して忘れやしない。

オーケー、と私は言った。わかった、わかったから。私はソースにバターを加え、砂糖もぱらぱらとふりかけ、おかげでずっとおいしくなった。

＊

今日、あなたと私で浜辺までドライブした。砂浜に座り、売店で買ったプレッツェルとレモネードを楽しんだ。一匹の犬と飼い主の男がそばに立っていた。男は新品らしきテニスボール入りの缶を持っている。そしてボールを一個、打ち寄せる波に向かって投げると、すごく情熱的な口調で言った。「サウザンド、取ってこい！」犬はその場から動かず、男は心底がっかりしたようだった。「あー、サウザンド。お前はマジで、どうしようもないクソ犬だな」

帰り道で、私たちはコイン式の洗車場に立ち寄った。作戦は練ってあった。私がまずコインを入れて――二ドルで五分間――あなたがブラシでごしごしこすり、私がホースを持って水をかけた。座席に掃除機をかけたときに百ドル札を一枚見つけたので、家までの車中で私たちはこのお金をなにに使おうか真剣に話し合った。

今日、男二人でコーヒーを飲みに行くとかで、シオがあなたを迎えに来た。シオはまるでデートのお迎えに来た十代の男の子みたいに、恥ずかしそうに、こんにちはと言った。あら、こんにちは、と私はまるで親みたいに、偉そうに、責任者ぶった態度で返事をした。


今日、あなたは私の病院での仕事について尋ねた。私はずっと、あなたはそういうことに関心がないと思っていた。私が選んだ道に、実のところ失望しているんだと。超音波診断っていうのは体内の異なる物質を通過するときの音のスピードを測るものなの、と私はあなたに話した。

毎日の仕事内容についても話した。どんなふうに患者の体をスキャンするか、どんなふうに柔組織の写真を撮るか。お腹の中の赤ちゃんが双子だと夫婦に知らせることがどんなに好きかも話した。夫婦は驚き、それから大喜びするか、はたまた恐怖の表情を浮かべるかするのだ。

退職する前の月のある日、私はグルームズが心エコーをする現場を見学し、この新しい装置が心臓を特定するところを見せてもらった。そのプログラムを使うと、どの内臓であってもまるで宙に浮いているみたいに見ることができた。

その後、ある患者に気管切開の心構えを説いたときや、疲れ切った母親のために内反足の赤ちゃんを抱いているときなんかに、私はあの心臓を、孤独にくるくる回転していた心臓を思い出したものだ。

今日、あなたはコンピュータの前に座っていた。ある俳優の顔が画面に映っていた。その後、おなじコンピュータで、私はあなたが開いていたサイトを確認した。〈電気〉と〈ベルリン〉と〈記憶力改善〉を検索していたようだ。

今日、あなたは一時間叫びつづけた。私たちにお金を盗まれたと言っていた。あなたはフェンスの向こうに枕を投げて、お隣のプールにうまく放りこんだ。あなたは食堂の椅子の脚を折った。あなたはグラスをほとんどすべて割ってしまった。

ラング先生から前もって聞いていた。数日のうちに、おとなしかった人物が恐ろしい性格になることがあります、と。

あなたは私たちを完全に震えあがらせたあと、リビングに座って、ピアノのベンチ椅子の中にあったバナナを黙々と食べた。そのあと、涙を流していた。

*

その後、あなたは申し訳ないと言った。手伝いがしたいとも言った。状況がもっと悪くなったときのために、私たちが準備をする手伝いがしたいのだ、と。

私たちは壊れそうなものをすべて包んだ。ママのお気に入りの色付きグラスは新聞紙で包み、片付けてしまった。ナイフも隠した。お店でプラスチック製のカラフルなコップを買ってきた。

ドアノブを二組設置するのは、あなたのアイデアだ。正面玄関ドアと裏口のドアだけ、きちんと動くドアノブを下のほうにつけるのだ。普通の位置に一応ドアノブはあるけど、回らないから、あなたは外に出られない。きちんと使えるドアノブはドアのもっと低い位置、人の足首あたりにある。通常の位置にあるドアノブを使おうとしたら、あなたはきっとドアが壊れたのだと思い、外に出るのを思いとどまるだろう。事態が悪化したときには、そうなるはずだ。

今日、私たちは取っ手や照明のスイッチに、赤いマニキュア液でしるしをつけた。

今日、私たちは家族全員の服を暗い色の服と明るい色の服とに分けた。大量の洗濯物みたいだった。暗い色の服は全部、慈善団体に寄付した。

アルツハイマー病掲示板に書いてあったのだ。濃い色は認知症の患者にとって怖く見える場合がある。黒い服は不安をあおるかもしれない。もしも床に黒い敷物を置いたら、症状が進行している人は近づこうとしなくなる。敷物が穴に見えて怖いのだ。

＊

今日、あなたは手を開いたままで待ちかまえて、私は日課どおりに錠剤をそこに落とした。魚のオイル。マグネシウム。ビタミンDとCとA。イチョウ葉エキス。

「やあ、お水さん」とあなたは言ってグラスを月光にかざし、もう片方の手の中で、さいころを転がす前みたいに錠剤をふった。「さようなら、ビタミン」

私たちは常夜灯を買った。太陽光のような強い光がない暗所では、方向感覚の喪失や精神錯乱が起きやすくなる。夜になると動揺や不安が増すことを、日没症候群と呼ぶそうだ。照明をずっとつけておいたほうがいいです、とラング先生にすすめられた。

私は自分の寝室でも常夜灯を使おうとしたけど、やめた。明るいと寝られないから。

アルツハイマー病掲示板で、だれかが書いていた。家に好奇心の強い子どもを招く心づもりで準備しましょう、と。子どもにとって安全な家にする方法リストを読んだ。あなたがのどに詰まらせるかもしれないものはすべて片付けた。あなたは私が赤ん坊だったときにどんな安全対策をしたかを話してくれた。私が小さな酔っ払いみたいに、自信満々の大声でなにやら演説しながら千鳥足で歩きまわっていたときのことも。

今日、ビタミン剤の詰め替えを買うとき、私はどのビタミンも二袋買った。だから、これからはあなたと一緒にビタミンを取れる。

今日、私たちは夕食を調理した。デザートにはハミングバード・ケーキを作った。上にピーカンナッツをちりばめたケーキだ。いろんなスパイスも入っている。どうしてハミングバードなんだ？ あなたはそう疑問を口にしたけど、私たちは調べようとしなかった。だって、そういうものなんだから。

私たちはハサミとナイフを引き出しにまとめて、プラスチック製の子ども用安全ロックをかけた。

有毒な植物は禁止。万が一、あなたがそのうち、食べようとするかもしれないから。食用に適さないものはなにもかも片付けた。緊急用電話番号リストを冷蔵庫に貼りつけた。病院、警察、消防署、中毒事故管理センター。

今日、私は超音波検査の資格講座に申し込んだ。二年間のプログラムだ。修了すれば、私は心臓の超音波検査技師になれる。

今日、私は少しゆがんだアーモンドを一個見つけたけど、食べなかった。湾曲した別のナッツも見つけた。二つの変わり種は壜に入れておいた。だって、ほら、ほかにどうしたらいいわけ？

10月

今日、私は憂鬱そうにしていたみたい。あなたが、それはまったく正常なことだと教えてくれた。「秋っていうのは、そういうものだ」とあなたは言った。

今日、私たちはブドウをマグカップに入れて食べた。デヴィッド・ボウイそっくりの白い犬に出くわした。

＊

今日、テレビでＰＢＳの番組を見ていたら、今、私たちの目と鼻の先で起きている進化についてやっていた。ネブラスカ州にいるサンショクツバメは車にぶつかって死なないように、より翼を短く進化させている。アシカのペニスの骨は、イングランドやウェールズの河川が汚染されたせいで縮んでいる。先日、私は落ちていたテイクアウト用のコーヒーカップのふたを踏んで、その音が気に入ったのだけど、そのときふと思った。もしも、いつの日か人類が落ち葉よりも、コーヒーカップのふたを踏んだ音が好きな方向に進化したらどうなるんだろう？　通りはカップのふただらけになるの？

今日、私とあなたは高校のグラウンドに一緒に走りに出かけた。ほんと意味がわかんないんだけど、あなたのほうが私よりも元気いっぱい。あなたはわけなく私より一周以上先行して、ガッツポーズを決めていた。

今日、シオがルートビア六本とチキン・タキトスとモノポリーを持って来てくれた。私たちはモノポリーで四時間遊んだ。駒は帽子、靴、犬、それから指ぬき（これはシオが使いたがったけど私にゆずってくれた）を使った。あなたはボードウォークとパークプレイスを買い、シオは格安の資産を買い溜めし、そのあいだ私は永遠に思えるほど長く、刑務所でみじめな生活を送っていた。勝ったのは、黙々と勤勉にプレイしていたライナスだ。

シオが帰宅したあと、あなたが言った。いくら老いぼれても、この目はまだ節穴じゃないぞ。

なんのこと？　私は言った。

悪くなかっただろう？　あなたはそう言った。

今日、あなたはちょっとした間違いで、食料品店の丸鶏を盗んだ。どういうことかというと、私たちはお店の中で互いを見失ってしまい、私は会計をすませたあと、店の外であなたを見つけた。あなたは丸鶏を自分のものみたいに抱えていた。まるで、自分のバイクのヘルメットのように。盗んだと私はすぐにわかった。だって、あなたは財布を持ってなかったはずだから。

どうしたらいいの、とあわてふためいて言ったら、あなたは人差し指を立ててシーッと言い、私たちはそそくさと車へと向かった。

お店に返すべきよ、と私は家に帰りついたあとで言った。

ばかなことを言うんじゃない、とあなたは言い、私たちは丸鶏を肉焼き器にセットした。

今日、私たちは〈ザ・ブーマーズ!〉というアミューズメント・パークに行った。以前は〈ファミリー・ファン・センター〉という名前だったところで、その前は〈ブルウィンクル〉という名前で営業していた施設だ。私たちはスキーボールというアーケード・ゲームをやった。ファンネル・ケーキを食べた。汚れたヘラジカの着ぐるみを着た人と握手もした。スピード写真のブースに二人で入ったら、数分後には私たちの写真が何枚かつながって出てきた。

今日、私たちはカボチャ畑に行った。私が七歳のとき、カボチャを一個、茎を持って引っ張りあげたら、そうじゃないとカボチャ農家のおじさんに叱られた、そのおなじ畑だ。そのときのおじさんが今日も畑にいた。相変わらず頑固そうだった。

カボチャはすべて四ドル九十九セントだった。大きさにかかわらず。

あなたは白っぽい小さなカボチャを選び、私は普通のオレンジ色だけど一番長くて一番ねじれた茎のついたカボチャを選んだ。家に帰って、カボチャに顔を彫ったら、私のカボチャの顔に見覚えがあるとあなたが言いだした。なんのことかわからなかったので、私とあなたはちょっと言い争った。

*

あとになって、あなたは靴箱を一つ出してきて、中を漁ったすえにとうとう見つけた。七歳のときの私の写真だ。間抜け面で笑う私の隣には、彫ったばかりのカボチャが置いてある。今日彫ったカボチャと双子みたいにそっくり。まるでおなじ顔。

今日、水切りかごの中にアボカドの皮を発見した。乾かしている途中のお皿みたいだった。

今日、リビングにいるあなたとママを見かけた。身を寄せ合って座り、読書していた。片足だけしびれた、とあなたはママに話していた。あなたはママの手を取り、自分の足に乗せてから尋ねた。

じんじんしているの、わかるか？

11月

今日、郵送で裁判所から私あての召喚状が届いた。どうやって私の居所を突きとめたんだろう？　今度の月曜日、私は陪審員としての義務を果たしに出かける予定だ。

「『証言する《テスティファイ》』って言葉はだな」とあなたは言った。「睾丸《テスティクル》が由来なんだ。男は昔、自分の玉にかけて誓いを立てたのさ」

今日、ママが教えてくれた。二度の妊娠中、リンゴをたくさん食べていたそうだ。というのも、妊婦がリンゴを食べると子どもは喘息にならないと聞いたから。私たちがワックスのことを訊くと、あなたがバターナイフでこそげてくれていたのだとママは話した。私たちはちょうど直前に、あなたがピピン種のリンゴからワックスをせっせとこそげ落としているのを見たところだったのだ。

＊

だれからの電話か確かめずに出たところ、お父さんは元気にしてるかいと尋ねる声がした。ジョエルの声だった。そうして会話がはじまった。私はちょうど食料品店にいた。外国産のトマトででできたピンク色のピラミッドを見つめているところだった。

パパは元気よと私は答え、それは良かったとジョエルは言った。お父さんによろしく伝えてとジョエルが言った。お母さんにもよろしくって。(ジョエルがよろしくだって。私はそのまま、あなたに伝えた)

そのつぎにジョエルが言い出したのは、今度結婚することになった、という言葉だった。おめでとう、と私は言った。だれもがそう言うように。クリスティンは妊娠してるんだ、とジョエルは打ち明けた。おめでとう! 私はもう一度言い、クリスティンは元気にしてるのとか、今何週目なのとか尋ねた。

ちょっと怖いよ、と言いながらジョエルは笑った。でも、わくわくしてるんだ。

私はこれからどうなるか、なにを避けて通れないかわかっていた。あっという間に喪失感に襲われて、傷はなかなか癒されないはず。ジョエルが結婚するだけなら受けとめられただろうけど、ジョエルがクリスティンと一緒に新たな人間を作るというのは、どういうわけだか受けとめきれない。

ボニーは両親と一緒にメキシコに旅行中だ。私はシオに電話した。

「もしもし」と私は言った。

「やあ」とシオが言った。

「一緒に深酒をしない？」

「どうしてまた？」

「ええと」と私は言った。「別に理由はないけど」

「信じられないなあ」とシオは言った。ほほえんでいる顔が目に見えるようだった。「了解。ただし、一つ条件がある」

「なんでもどうぞ」

「泣きながら呑むのはなし」シオはすごく真剣な口調で言った。

「約束する」と私は言った。おなじくらい真剣に。


私たちはダウンタウンにある〈ネリーズ〉で待ち合わせした。あなたがかつて行きつけにしていた店だ。私がバー・カウンターの前に立ってシオを待っていると、男が寄ってきて、チェルシーかと訊かれた。別の男からは、オードリーかと訊かれた。

「どういうことかな？」と私は現れたシオに尋ねた。

「ここって、ブラインド・デートによく使われる店なんだ」

それというのも、このあたりには選り好みできるほどたくさんの呑み屋がない。シオがここの常連たちについて教えてくれた。まずは、ヘミングウェイにそっくりの男。シオによると、その男は妻を亡くした日からずっとこの店に入り浸りらしい。ここに来ると必ず、男は飲み物を二杯買い、一杯は妻のために取っておいて呑まないつもりでいる。最初のうち男はちびちびと自分の分を呑んでいるんだけど、結局はもう一杯のほうが無駄になるのが我慢できなくなって、必ずそっちも呑んでしまうそうだ。

ジョゼフという名の常連客は何年か刑務所に入っていたことがあり、そのあいだにコーヒー用のマドラーでこつこつと片目をいじり、ついには眼球を引っ張り出した。左目だ。目の見えない人は感覚が研ぎ澄まされると話に聞き、自分の心臓の音が聴けるようになりたいと思ったらしい。万が一、止まったときにわかるように。

レナードという客は、数杯呑むと外にあるベンチの上に立ち、綿のシーツを宙に投げて、大昔からいる幽霊を捕まえようとする。

「ベッドシーツで捕まえるわけ？」と私は尋ねた。

「もっといい案がある？」とシオが言った。

レナードの考えによれば、幽霊は風のようなものなので、シーツだとその形を捕まえられるということらしい。

「罠で捕まえようっていうんじゃないんだ」とシオが説明した。「写真みたいに、記録するって感じかな」

当のレナードはノンアルコールのカクテルらしきものを静かにすすっていたけど、立ちあがり、ジュークボックスにコインを数枚放りこんだ。少ししてから彼の選んだ曲がわかった。〈ブルー・バイユー〉だ。

店内では、だれかが友人になにか企んでいそうな口調で話しかけている。「おい、ルイ。お前、名前をイグジットに変えないかぎり、絶対にスターになれやしないぜ！」

デートでここに来たらしいカップルもいて、二人の前にはたくさんの空っぽのグラスがそのまま放置されている。女のほうは男のグラスからライムをつまみあげ、自分のグラスに入っている透明な液体に落としていた。たぶん、ああやってじゃれてるんだと思う。

「きみの美しさには、なんの理由もないんだね」と男が思いにふけりながら言う。まるでその洞察にたどりついたことが誇らしくてたまらないみたいに。


「酔っ払わないで」とシオが私の様子に気づいて、唐突に言った。私の目を見てもう一度言う。

「酔っ払わないで、ルース」

そして、頭にこびりついて離れないことから私の気をそらすために、シオは豆知識を並べたてはじめた。

シオは私に尋ねる。腎臓の移植を受けても、元からある腎臓は体内に残しておくって知ってた？

三番目の腎臓は骨盤の中に入るんだって。

木星ではダイヤモンドの雨が降るって知ってたかい、ともシオは尋ねる。ロシアは冥王星よりも大きいって知ってた？

お返しに私もシオに尋ねる。フロントガラス用の間欠式ワイパーの発明者ロバート・カーンズは、自分の結婚式の夜にシャンパンのコルクで片目を失明したって知ってる？　すると、シオは知ってるよと答えた。どういったわけで知ることになったのかわからないけど、私は逆に訊かれた。カーンズはフォード社やクライスラー社に間欠式ワイパーの技術を売りこもうとしたけど拒絶され、のちにそうした会社が自社の車に間欠式ワイパーを装着しはじめたものだから、特許侵害の訴訟で長くもめることになったって知ってた？

カーンズはフォードとクライスラーには勝ったけど、ＧＭとメルセデスには負けた。妻のフィリス（シャンパン・コルクの日に結婚した相手）は、いくつもの訴訟という重圧に耐えかねて、最終的にカーンズのもとを去った。

シオは朝まで眠れることがなくて困っているという話をしだした。ほぼ毎日、真夜中に目が覚めてしまうらしい。こういうときに効果的な対策は、再度眠りにつこうとしゃかりきにならないことだ。コツとしては、眠気らしきものがやって来るまで、シリアルを食べたり、インターネットを見たり、雑学ネタのリストをたくさん読んだりするといい。

不意に、常連のジョゼフが目の前に現れた。

「この子、ハワードの娘なのか？」とジョゼフがシオに訊いた。

「そうよ」と私が答えた。

「たしかに似てる」とジョゼフは私に言った。「お父さんに、ジョゼフがよろしく言ってたって伝えてくれ」

ジュークボックスの横では、レナードが何度も何度も、「俺は怖い」だか、もしかしたら「俺は弱い」だか、繰り返し言っている。

「私は自己中心的」と言いかけて、やめた。だって、そう言うこと自体がすごく自己中心的だから。

私はうなだれた。

昔のことを思い出した。仕事のあとに通りの先にあるバーでちょっとだけ呑もうとジョエルと待ち合わせをして、お得なハッピーアワーの一時間だけのつもりだったのが、結局、真夜中までビリヤードで盛りあがってしまったときのことだ。バーの外には男が一人、〈目覚めよ、呑んだくれたち。そして泣くがいい〉と書かれたボール紙を抱えて立っていた。旧約聖書のヨエル書《ジョエル》第一章五節からの引用だ。そのときは、すごく笑えて、その場にすごくぴったりに感じられた。

何か月かあとに、私がそのときのことを話題にすると、「なんの話をしてるの？」と覚えていなかったジョエルは言った。完璧に忘れていたみたい。そのときに私は気づいた。私はあることを記憶していて、ジョエルは別のことを記憶しているのだ。このまま別々の記憶を積み重ねていったら、どうなるのだろう？　大丈夫なのだろうか？　もちろん、答えは最終的に、ノーだったわけだ。

「禁止だよ」とシオが言った。「失望厳禁。それが条件だったろう？　覚えてる？」

「そうだったっけ」と私は言った。「じゃあ、ほかになにをするならいい？」

「ほかにすることと言えば」とシオは言った。質問に対して真剣に考えているみたいだった。「バスケットボールだ」


さっきとは別のカップルがバーの外にいた。「たしかにあれは良かった」女のほうが言ったなんらかの言葉に、男が賛同している。手に持っているのはマリファナだ。女は取り乱しているみたい。男がマリファナを吸い、煙を吐きだしたので、二人は煙にすっかり包まれているように見える。

「だが、時間ってのには終わりがある」と男が言う。「いい時間ですらそうだ。とりわけ、いい時間ってのはな。そういうふうにできてるのさ」

だれもが、そこいら中で、おんなじばかげた話ばかりしている、と私は思った。

私たちは公園になんとかたどり着いた。公園は公式には閉園中だ。非公式には、規則を押しつける人は周囲にだれもいない。道すがら、ガソリンスタンドに寄って、甘すぎる細身の缶コーヒーの六本パックを買っていた。まずは〈ホース〉をやろうということでどちらかが五回失敗するまで交互にシュートを打ちあい、それから〈1オン1〉をやった。きっと下手だろうと、シオは予想していたはず。みんなそう。私は〈女の子投げ〉をしそうなタイプに見られる。でも、あなたが教えてくれたおかげで、私はバスケができる。これで人を驚かすのって面白い。

私たちはコーヒーがなくなるまでバスケをつづけた。それからベンチに座り、ただそこに座って、山の向こうから朝日が空を明るくしていくのを眺めた。やむをえない事情で、私たちは体をくっつけるようにして座っていた。ベンチの片側半分が鳥の糞だらけだったからだ。シオはなにもしようとしてこなくて、私もなにもしようとせず、私たちはなにも考えずにただそこに座っていた。寒くて疲れていたけど、心地よかった。正直なところ、すごく良かった。まるで間抜けな映画の一場面みたい。睡眠不足を取り返すために翌日一日中寝て無駄にするとわかっていたけど、ここで不意に、私は「無駄」という言葉が大嫌いになった。そんな言葉、存在しなきゃいいのに。遠い昔のいろんなチャンスに恵まれていたときにもっと勇敢だったらよかったのに。今みたいな状況じゃなきゃよかったのに。

「僕たち、結婚しない？」がジョエルのプロポーズの言葉だった。

「……しない？」というのが口癖だったのだ。ずいぶんと意気地のない物の言い方。

「あなたの言ったこと信じられない」と私はシオに言った。

「なんの話？」

「腎臓の話」と私は言った。

私は真偽を確かめようと、グルームズにメッセージを送信した。人に連絡するには非常識な時間だったのに、グルームズは即座に返信してくれた。ほんとよ、と。

「ほかにも私が知らないことってある？」と私が訊くと、シオはにやりと笑った。

そのときまでに太陽はすっかり姿を現していて、シオは目を細めながら、ほほえんだ。

私たちはシオの車まで歩いていった。車体にモミジの葉が何枚かくっついていた。朝露がのりみたいに葉を貼りつけたのだ。葉は美しくて、ファンタの色だ。シオがドアを開けてくれて乗りこみ、帰り道、ソフトロックを流すラジオ局を聴いていたら、もうクリスマスソングがかかっていた。シオは〈リトル・ドラマー・ボーイ〉をラジオと一緒に口ずさんでいた。

帰宅すると、あなたは新聞を読みながらパンケーキを両手で持って、シロップに浸して食べているところだった。

今週、家の前の通りにポスターが貼られた。〈筋肉隆々《マスキユラー》〉という名前の迷い猫のポスターだ。郵便局の外には、駐輪ラックに手錠でつながれた自転車が一台あった。ボールを投げる男の人と、そのボールをきちんと取ってくる犬を見かけた。でも、ボールがどんどん小さくなっていくように見えた。近くまで寄ってみると、ボールはボールじゃなくて、硬いロールパンだった。

今日の病院でのラング先生は幸せそうでも、悲しそうでもなかった。すごく普通だった。

医療センターの外に出ると、駐車場に鳩がたむろしていた。迷子っぽく見えたけど、もちろんそんなはずがない。ご存じのように、鳩は決して迷子になったりしない。なにしろ手紙を運べる鳥なんだから。鳩たちは空腹だと考えるのが、妥当なところかな。駐車場をうろつく鳩たちはお腹をすかしているように見える。

「行こう」と私は言った。

来た道で見かけた〈イン・アンド・アウト・バーガー〉まで車を走らせ、ストロベリーシェイクを二つとフライドポテト一つを注文し、シェイク一つはあなたに渡した。私とあなたは駐車場に戻り、歩道の端に座って、鳩にポテトをやった。ラング先生が愛車まで歩いていくのが見えた。日本製のコンパクトカーで、洗車したばかりみたい。ラング先生だとは最初気づかなかった。だって、白衣を着ていないと、どこにでもいる人に見えるから。だれかの間抜けな従兄とか、そんな感じ。「今日は実にいい日だ」とあなたは言った。鳥にえさをやることが、あなたの記憶を刺激してくれるんじゃないかな、と私は考えていた。あれはどうだろう、これはどうだろうと私は考えすぎかも。そよ風が吹いてきて、ユーカリの香りが運ばれてきた。ひんやりしていたけど寒くはなかった。

今日は実にいい日だとあなたは繰り返し口にした。心の底から娘に自分の思いを伝えたかったのかもしれないし、あるいはすでに言ったということを忘れたのかもしれないけど、不意に、あなたが覚えていようがいまいが問題じゃないと思えた。ふと思ったのだ。覚えているってことは重要じゃないと。なにより大事なのは、その日が実にいい日だってことで、それ以上でもそれ以下でもない。

今日はみんなでボウリング場に出かけたところ、サムがまだそこで働いているとわかった。しかも昔とまったく変わらない姿で、髪の色も昔のまま、髪型も綿棒そっくりのままで。サムは相変わらず私たちの足を見ただけで、ぴったりサイズのシューズを出してくれた。あなたは一番重いボールにすると言って聞かなかった。

それじゃあ重すぎるよ、パパ、とライナスと私はしつこく言った。

大丈夫よ、とママが言った。

あなたは三回連続でストライクを決めて、ママは幸せそうに踊ってみせてくれた。あなたは景品に七面鳥をもらった。感謝祭のごちそうだ。

家の前にあるタンジェロの木はこれまで一度もまともな実をつけたことがなかったのに、なぜ今年は実をしっかりと育てあげたのか、私たちは原因を探っているところだ。今のところ、納得できるような説明はだれにもできていない。ママは降水量のせいだと考えていて、あなたはこの木が長年密かに患っていた恐ろしい病気にとうとう勝利をおさめたのだと言いつづけている。私は、きっとミツバチとその予測がつかない気まぐれに関係があるとにらんでいる。

テレビでなにも面白い番組をやっていないときには、私は昆虫特集を見るのが好きだ。そもそも最近は面白い番組なんてないしね。ミツバチはいいところがたくさんある虫だと思う。たとえば、ミツバチは自分が人生においてなにをなすべきか具体的にわかっている。仕事があり、それをしっかりとやるのだ。それに、ミツバチは何枚ものパネルからできている目で、この世界を一コマずつ、映画のスクリーンのように見ている。

「ミツバチは人の顔がわかるのよ」と私はママに教えた。

「自分はミツバチに好かれてるって言いたいわけ？」とママは軽口を叩いた。

私がキッチンにいるとき、あなたが入ってきた。あなたは水切りされたカリフラワーを、心配そうな目で見た。

「アブラナ科の野菜にはもううんざりだ」

「でも、野菜だってパパのために死んでくれたのよ」

「もういらん」

「ラザニアは？」

「ラザニアならいい」とあなたは賛成し、それで私はラザニアを作った。ソースは甘タマネギと無塩バター、それと私が蒸した豚肉でこしらえた。私たちは大きなスプーンでラザニアを食べた。調理の過程で、緑黄色野菜の命が犠牲になることはなかった。


私がキッチンにモップをかけていると、羽のはえたなにかが私の前を横切った。モップをぶざまに数回ふりまわしたすえに、壁に立てかけ、退散することにした。シオの家に一目散だった。

「ゴキブリって飛べるの？」シオがドアを開けたとたん、私は尋ねた。

「それが理由でうちに来たわけ？」シオは怒った口調で言おうとしていたけど、顔がにやけていた。

「素敵なおうち」と私は言った。

シオは新しいソファを軽く叩いた。見知らぬ人の飼い犬の背を叩くみたいにすごく慎重に、ここに座りなさいと示してくれた。座ってみたらすごく心地よくて、私はそう口にした。

「まあ、私は専門家じゃないけど」と私は言い足した。

「そう？」

「ええ、もちろん」

「じゃあ、きみはなんの専門家？」

「専門なんてない」と私は言った。それから、少し考えこんだあとでまた口を開いた。「胎児の姿勢」

「熊に襲われそうになったら、胎児の姿勢を取るのが一番だって言うよね」とシオは言った。「そうすれば熊は、きみが危険な相手じゃないってわかるんだろ？」

「そう、胎児の姿勢。それで、聞いて。私、全種類知ってるの」


昨晩、シオが夕食に来てくれて、食後には私たち五人で公園まで歩き、それからあなたとママとライナスがひどく疲れたとか言って帰っていったので、シオと私は水辺のベンチに座って、気象予報士が今日通過すると言っていた彗星を見ようとした。

「あそこにいるカモが酒を呑んでる」とシオが言い、噴水の隅っこにいるカモを指さした。カモは缶ビールにくちばしを突っこんでいる。

「ねえ、あのカモが酔って恥も外聞もかなぐり捨てたら、いったいなにをすると思う？」

「そもそもあのカモにある恥と外聞ってなに、っていうのが真の疑問じゃないかな？」

「冬に南へ飛んでいかなくなるわね」

「善良なるカモ氏であることもやめる。赤の他人から、かび臭いパンをありがたくちょうだいしなくなる」

「私は翌朝の二日酔いのカモのほうに興味があるわ。カモの自己嫌悪」

「カモの後悔」

「ねえ」と私は言い、本題に入った。

私はシオのことを「おおむね肯定的」に感じてる、と伝えた。シオも、私のことを「おおむね肯定的」に感じてると言った。シオはぎこちなく私を抱きしめた。あとになってから、シオが私の上着のポケットにこっそり入れてくれたペパーミントキャンディーを見つけた。

今日、最近ではよくあることだけど、あなたは名前をいくつか忘れた。

「私が片思いしている相手だ」とあなたは言った。

「ママのこと？　アニーって言いたいの？」

「そう、それだ」とあなたは言った。

心の声があなたになにを愛すべきか、だれを愛すべきか教えてくれるから、普段はその通りにしているみたいだけど、ときにはそうならないことがある。ときには心が錯覚を起こさせ、ときには心が最悪の敵になる。だけど、私は心から、精いっぱい、そういうことは考えないようにしている。

車庫で小石を研磨するためのミキサーを見つけた。あなたとママが何年も前に、クリスマスにくれたものだ。中を開けてみたら、つるつるしてきれいだけど、ゆがんだ真珠みたいなものが入っていた。思い出した。私の乳歯だ。

今日、私は昔集めた貝殻コレクションをあなたにあげた。あなたは貝殻を全部、水槽の底にきれいに並べた。

「外骨格をありがとう」とあなたは私に言った。

「どういたしまして」と私はあなたに言った。

＊

今日、あなたとライナスは二人でどこかに出かけていき、どこに行ったんだか、なにをしたんだか知らないけど、あなたたちは帰ってくると二人してソファに座り、一本のスプライトを分け合っていた。


今日は感謝祭だった。私は七面鳥をどう調理すればいいかわからず、間抜け顔で見つめていた。図書館から借りてきた何冊もの七面鳥料理のレシピ本に埋もれて一か月すごしてきたっていうのに、このざまとはね。あなたは信じられないだろうけど、七面鳥レシピにはたくさんの種類があり、下ごしらえでは塩水を使うべきか否か、詰め物をすべきか否か、胸は上にすべきか下にすべきかという論争まである。

私は叔父の名を大声で呼んだ。私のたった一人の叔父。ジョン叔父さんに電話で招集をかけた。

「大きさに圧倒されちゃいかん」とジョン叔父さんはうんざりした調子で言った。「でかい鶏肉だと思え」

ジョン叔父さんが午後いっぱいかけてハムに胡椒の実をちりばめるのを手伝ってくれた一方で、リビングではあなたとママが夜までずっとうたた寝をしていた。ママの足はあなたのズボンの裾にすっぽり入っていた。

夕食の途中で、だれかが玄関のドアをノックした。私がドアを開けると、そこにはグルームズが立っていた。いつものように髪がきれいにセットされていて、完璧なたたずまい。腕にはケヴィンを抱き、足もとにはかごいっぱいの洋梨がある。

「こんばんは」とグルームズが言った。

私は金切り声をあげ、あいだに挟まっているケヴィンを殺さない程度に力いっぱいグルームズに抱きついた。

グルームズが車で南へ下ってきたのは、かつての夫ブレイディーから、ラグーナビーチで彼の家族と一緒に感謝祭をすごしたらどうかと遠回しに誘われたからだった。ブレイディーはケヴィンに会ってみたいという気持ちを暗号めいた言葉でほのめかしていた。元夫の実家はゲート付きの住宅地の一角にあり、グルームズはゲートにいた警備員にブレイディーの姉の名前を告げた。そうしておいて、家の周りを数周回ってから考えを変え、私の実家へと車を走らせたのだ。

「なにを考えてたんだか自分でもわからない」とグルームズはばつが悪そうに言った。

「これでいいのよ」と私は言って、二人を中に招いた。

あなたとママはかわるがわるケヴィンを膝の上に乗せ、ジャガイモをスプーンで口に運んであげた。

「丸々とした子だ！」とあなたはうれしそうに叫んだ。膝の上でケヴィンをはずませていた。

今日、あなたはキャベツをまるごと一個、肉焼き器に入れた。

今日、私がこしらえていた巨大サラダの中に、あなたはトマトをまるごと一個たたきこみ、スラムダンクを決めた。

今日、あなたは私の手を取り、爪を切ってくれた。まるで赤ん坊にするみたいに。

今日、車庫であなたを見つけた。あなたはちょうど防災セットの中の桃缶を食べているところだった。私もお裾分けしてもらった。二人で桃のシロップを飲み、袋入りの飲料水も飲んだ。

私はこうやって、あなたの代わりに、日々の瞬間を集めている。

〈集めている〉――これがキーワードになると思う。〈瞬間〉のほうかもしれないけど。

12月

いまだに家族のだれよりもクリスマスを愛するライナスが、飾りつけをしている。ライナスは前庭にある木々の周りを何度も歩きまわり、一本一本にクリスマスのイルミネーションを巻きつけた。オレンジの実はペンキのスプレーで金色に塗った。スーパーマーケットから帰ってきたライナスは、〈トナカイ・キャンディー〉とパッケージに書かれた赤と緑のキャンディーを買ってきていた。ライナスはお菓子の家を組み立てて、外壁をアイシングする仕事を私に押しつけた。それから、私たち一人一人に、煉瓦サイズのプレゼントをくれた。どれも熟練の技でスノーマンの包装紙に包まれていて、テープでぐるぐる巻きにされているから、クリスマス前に包みをこっそり開けて、元のように包装しなおすのは無理そうだ。

あなたは言った。さっさと帰ってかまわんのだぞ、と。

あなたは言った。私はまだお前の父親なんだから、この家のルールはまだ私が決めさせてもらう、と。

それで私が、もちろんよ、パパ、私にどんなルールを課すの、と訊くと、クリスマスが終わったら帰ってほしいとあなたは言った。実家に残らなきゃいけないと私に思ってほしくないのだ。お前に罪悪感を抱いてほしくない、とあなたは言った。いかれた連中みたいにふるまう姿を見られたくないそうだ。いかれた連中、たしかにそう言った。
そのルールについては少し考えさせて、と私は言った。考える余地などない、なぜなら私はお前の父親であり、ルールはルールなのだ、とあなたは言った。私だってあいにく大の大人になってるから、あなたの言うことを全部聞く必要はない、そう私は言い返した。

シオと私はレストランに出かけた。デートだと言えるかもしれない。実際、あなたは玄関のドアを開けたあと、そう言っていた。私がシオの車に乗りこむとき、あなたは私たちに向けて口笛を吹いた。

こぢんまりとしたレストランでは、席の担当になった給仕がデザートのパイの名前を全部覚えるのに苦労していた。シオはメニューを読むために眼鏡をかけた。客が半分残したビールを、だれにも見られていないと思っているウェイトレスが呑みほすのを、私たちは眺めた。その後、完璧に平凡だからこそ非凡な通りを二人でぶらぶら歩いた。面白そうな店は一軒もない。日焼けサロンが二軒あった。シオが私の片手を取っても、私はふりほどこうとしなかった。
「猫の名前はふわふわちゃんっていったんだ」とシオが言った。幼い少年だったシオが、不似合いな名前をつけられた意地悪な猫にひっかかれたところを想像して、私の心臓はけたたましく打ちだした。

その週の後半、シオが訪ねてきて言った。「月を見てごらん」手袋の中に隠して持ちこんだバーボンのボトル一本を二人で分け合った。私は、「どれぐらい遠視なの？」と言いながらシオをすごく、すごく近くに引き寄せたので、彼の瞳孔から私の瞳孔まで綱をぴんと張ったら、虫がその上でつま先歩きできそうなほどだった。

「なにが見える？」と私は尋ねた。

シオがすぐに答えなかったので、私は身を引いた。少し。

「充分だ」ようやく口を開いたシオはそう言った。怒って言った言葉かもしれない。でも、それ以外に言いようのない正しい答えに思えた。


それから数日後のある夜、シオの家で、私が眠っていると思いこんだシオが言った。「きみは完璧すぎる」

反論しなきゃいけないとわかってた。反論の根拠ならいくらでも並べられる。でも、言い返せないともわかっていた。だって、もしも私が反論したら、私たちは二人とも決まり悪くなってしまっただろうから。

＊

今朝、私たちはわずかな隙もなく包装された、ライナスからのプレゼントを開けた。全員がトランシーバーをもらっていた。それぞれに名前のシールが貼ってあった。

あなたとライナスはテレビでクリスマス映画の連続放送を見て、ママと私はキッチンで夕食を作っていた。私たちが招待したのは、ジョン叔父さんと彼の恋人リサ、そしてナザリアン家の人たち。ママは七面鳥を担当し、私はそのほかの無数のあれこれを手伝った。中にチョコが入ったピーカンパイ、二種類の詰め物料理、マカロニ・チーズ、アブラナ科の野菜とそうじゃない野菜。

私はひどい出来の、人の形をしたジンジャークッキーも作った。レシピがややこしすぎたのだ。ママは必ず言ったものだ。最初に足を食べちゃうのよ、そうすれば逃げていかないから、と。自分がいまだにこの教えを守っていることに、昨日、気づいた。失敗したクッキーの足を、なんのためらいもなしにもぎ取っていたときにだ。

週の初めに、ハンドバッグの中をきれいにしていたとき、例のエンダイブ男からもらった〈カールの料理〉を見つけたので、彼のレシピで一品作った。エンダイブの葉とチーズとナッツとはちみつでこしらえたボート形のサラダ。

私の最初の記憶は、これになるんじゃないかと思う。たしか私は二歳か三歳で、あなたと一緒にいたときの記憶だ。リバーサイドの寝室が一つしかないアパートで、あなたとママは二段ベッドの下側に、私は上側に寝ていた。

そのアパートで、翌年、私が肺炎にかかってしまったことは覚えてる？　それで、あなたがスポンジで体を拭いてくれたことはどう？　私の熱は上がり、今になってみると当時、あなたが抱いただろう不安、娘の脳にダメージが残るんじゃないかという不安がよくわかる。

とにかく、そう、最初の記憶。あなたは私の片手を握っている。私の爪を切ってくれていて、私は泣いている。最初のうち、爪切りは痛いものなんじゃないかと思って泣いていたけど、そのうち、予想どおりじゃなかったせいで泣いていた。痛みどころかなにも感じなくて。なにも感じないと人は途方に暮れるものなのだ。


あなたの大きな手が、私の小さな手を握っていたことを覚えている。すごく、すごくちっちゃな爪を切るのに、あなたは細心の注意を払っていた。スポンジで体を拭いてくれたときのことも覚えている。水がきっと冷たすぎると、すごくおびえた。だけど、実際には水はそれほど冷たくなくて、ほてった体にはひんやりとして気持ちよかった。


最初に到着したのはシオで、カーキ色のシャツを着ていた。玄関のところでぐずぐずと立っていた。そのシャツ素敵よ、と私は言ってあげた。シオはアドバイスをもらってこのシャツにしたのだという。デートのときになにを着るべきか、ウェイトレスに尋ねたのだそうだ。で、ウェイトレスはカーキ色のシャツをすすめた。

「これってデート？」と私は訊いた。「クリスマスよ」

「これを着てれば、絶対に失敗しないんだ」とシオは言った。少し間を置いて、シオは私の手首を取って私のげんこつでドアの木枠をこつこつ叩き、不運を追い払うおまじないをした。

つぎに到着したのはリサを連れたジョン叔父さん、それから両親とマヨネーズたっぷりのマカロニサラダを引き連れたボニーがやって来た。

ジョン叔父さんはバー・カウンターの準備をして、その夜はずっとバーテンダーの真似事をしながら、やたらと卵入りの飲み物を作った。アプリコット・ブランデーとシャルトリューズと卵黄をシェイクして、ゴールデン・スリッパー。卵の白身のほうは、ラム酒とブランデー、ライム果汁、ざくろのシロップと混ぜてセプテンバー・モーニング。叔父さんはボトル入りの果汁が嫌いだから、本物のライムを使っていた。おかげで、カクテルを待つ人の列は、キッチンの外へ、リビングへとつづいた。ジョン叔父さんはライムを一杯に一つずつ絞っていったから、おいしいお酒を呑みたかったら辛抱強くほほえんでいなければならなかった。さもないと、いつものように叔父さんが不機嫌になってしまう。

あなたは七面鳥を切り分け、それからハムを切り分け、私たちはジョン叔父さんのカクテルを呑み、あなたはノンアルコールのカクテルを浴びるほど呑み、パパ、あなたはママがレゲエ好きであることをからかい、そのことでママは私たちを責め――だって、私たちが赤ちゃんのときにレゲエに合わせて踊るのが好きだったせいで、ママはハマっただけなのだ――ジョン叔父さんは牛を飼っている隣人たちについて怒りながら話し、リサはまるで「落ち着いて」と言ってるみたいに片手を叔父さんの腕にそっと添えていて、全員が食べ物の重みで放物線の形にたわんだ紙皿を持っていた。

ずっとあとになってみんなが帰ったあと、また私たち四人だけになり、残りのごちそうをすっかり平らげてから、つぎのようなことをはじめる。まず、あなたが下側のドアノブを回し、私たちは一列になって、薄い色の服が互いに見える距離を保ちながらドアを抜ける。「テスト、テスト」とライナスの声がトランシーバーから聞こえてくる。「感度良好」と私は答える。今はもう真夜中すぎで、つまりもうクリスマスじゃないってこと。普通の、いつもの夜だけど、正直言うと、こっちのほうが好き。月が頭上でひたすら美しく光っている。ママはあなたの小指をしっかりつかみ、あとにつづく。

ママは上着のポケットからむいたオレンジを取り出し、房に分けて配るようにライナスに手渡す。

「ママがオレンジを一個持ってきてたよ、パパ」とライナスが言う。「応答せよ」

「聞こえた」とあなたは言い、それから、「了解。以上」と言い足し、私たちは全員あなたに倣って、一人ずつ、暗闇の中で繰り返す。了解、了解、了解。以上、以上、以上。

謝辞

この本はフロリダ州ゲインズビルで書きはじめたから、そこからはじめさせてもらいます。私の先生たち、パジェット・パウエル、デイビッド・リービット、ジル・シメント、そしてメアリー・ロビンソンにありがとう。私の比類なきＭＦＡ＠ＦＬＡの仲間たち、とくにクリスティーナ・ニコル、フィリップ・ピンチ、デイビッド・ブラントン、ケイト・セーヤー、ジェイムズ・デイビス、ケビン・ハイド、ハイ＝ダン・ファン、ハリー・リーズ、ディヤ・チョウドリーにありがとう。テリタ・ヒース＝ウラスにはダンテ・イズムを貸してくれたことを、アンドリュー・ドノバンには素敵な名言を二つ教えてくれたことを、感謝したいです。この本はサンフランシスコで書きおえたけど、ミミ・ロークとともに〈チャーリーズ〉ですごす朝がなかったら、決して書きあげることはできなかったでしょう。初めのころに読んで、洞察力あふれる感想をくれたナムワリ・サーペルにも、ありがとう。ローレン・ローとジェシカ・ワン、揺るぎない友情と励ましをありがとう。〈ダイヤモンド・バー〉のデイブ・デズモンドとダニエル・ルビアンとケン・カークビー、ありがとう。ニュー・ヘイブンのジョン・クローリー、Ｊ・Ｄ・マクラッチー、キャリル・フィリップスにもありがとう。

ひとかたならずお世話になったマリヤ・スペンスとサラ・ボウリンには、感謝してもしきれません。素晴らしいお二人がいなければ、私は運に恵まれることもなかったでしょう。バーバラ・ジョーンズ、ケリー・カレン、カニイン・アジャイ、そしてこのワード文書を本に変身させるという魔法のような仕事をしてくれたホルト社のみんなにもありがとう。本当に、本当に感謝しています。

両親のエドワードとリンにもありがとう。あなた方が与えてくれた、無尽蔵で無条件のサポートと信頼と献身と愛にありがとう（この本は二人のために書きました。ひどい言葉遣いのところはごめんなさい）。兄弟のクレメントとベン、いつも上機嫌で応援してくれてありがとう。おばあちゃんのチュー＝ライ・ピンにもありがとう。私たちみんな、おばあちゃんがいなくて寂しいです。それから、イーライ・ホロウィッツにもありがとう。あなたの助言がなければこの本はなりたたなかっただろうし、あなたの愛は私にとってなくてはならないものです。

訳者あとがき

いかがでしたか？

アルツハイマー型認知症という難しい題材を扱いながらも心が温まる小説ってどんなものだろうと思い、ここから先に読んでいる人もいるかもしれません。それとも、小説を読みおえて、いったいどんな人がどういう動機でこれを書いたのだろう、と疑問を持った人もいるかもしれません。

いずれにせよ、この小説がアメリカで出版された当時、話題をさらい、賞をもらったり、ベスト・ブックリストに選ばれたりしたほどの佳品なのはたしかです。米公共ラジオ局（ＮＰＲ）、『オー、ジ・オプラ・マガジン』誌、『サンフランシスコ・クロニクル』誌、『ヴォーグ』誌のベスト・ブック・オブ・ザ・イヤーに選ばれたうえ、『ロサンゼルス・タイムズ』紙のブック・プライズ新人賞最終候補になり、カリフォルニア・ブック・アワード新人賞を受賞しています。

主人公ルース・ヤングは三十歳の女性。医師になる道を恋人のために捨てたという過去を持ち、その恋人にふられたあと、失ったもののあまりの大きさにうまく前に進めずにいます。傷心も癒えないまま、クリスマスに実家に帰省すると、最近アルツハイマー型認知症と診断された父親のために、これから一年、実家に残って介護を手伝ってもらえないかと母親に頼まれてしまいます。少しずつ変わっていく父親を観察する日々。父親のために料理を作ったり、アルツハイマーに効く食材を探しに出かけたりと奮闘します。そんな中で、あるとき、ルースは父親からノートを一冊もらいます。そこには幼い娘との日々が父親の手で記録されていました。「今日は私の誕生日だ。何歳なのとお前に訊かれた。三十五歳だと答えたところ、お前は心底仰天したようだった。一歳から始めたのかと訊かれた。それから、きみはこうも質問した。いつ私たちは死ぬの?」

さて、作者であるレイチェル・コンはどういう人物かというと、イェール大学を卒業後、フロリダ大学で修士号を取り、その後、レストランで働くなどしたのち、アメリカの有名なフードカルチャー雑誌『ラッキー・ピーチ』(現在は廃刊)で五年間働き、編集長を経験した女性です。

実は、レイチェル・コンはこの小説に着手する前に、面白いプロジェクトを始めています。大学在学中だった二〇〇八年、口にした食事を毎日すべて記録しはじめたのです。きっかけの一つは、ロバート・シールズという有名な人物の存在です。高校の英語教師だったシールズは二十五年間、毎日五分刻みでこまごまとしたことがら(血圧、体温からトイレのこと、見た夢まで)を詳細に記録し、最終的にのこされた九十四個の箱におさめられた三千七百五十万語の文書が世界最長の日記として知られています。コンが食事記録を始めたもう一つのきっかけは、当時、自分が覚えてもいない理由で恋人にふられたために、日々の出来事をもっとしっかりと記憶しておきたくなったことだそうです。自分が口にしたものを逐一把握しておくことで、思い出すための道を脳内に作りたかった。あのとき、どこにいたのか、だれといたのか、どんな気持ちだったのか？　恋人たちがおなじ経験をしていて、どうして記憶がちがったりするのだろう？

「忘れることがすごく怖い」とコンは『ラッキー・ピーチ』誌に掲載されたエッセイの中で書いています。「私の記憶力があてになったためしはないから、もっといいなにかが必要だった。食べたものを書き留めておくことは、私の人生を事実へと変える一つの方法だった。（中略）また同じことが起きたときには、なぜそうなったのか正確にわかるはず——なにしろ、すべてのデータが手元にあるのだから」

コンにとって、普通の日記は感情がからんで不正確に思えましたが、食事の記録なら、そのときに関連したことを一緒に覚えやすかったようです。食べ物のリストを見れば、このときあの人と一緒で、これを食べて、あんなことやこんなことを話した、と数珠つなぎで思い出せました。ちなみに、初日の記録はこうです。「二〇〇八年一月二日の朝食、オートミールにパンプキンシードとブラウンシュガーをかけたのを食べて、緑茶を一杯飲んだ」

食べ物の記録が直接的にこの小説『さようなら、ビタミン』につながったわけではありませんが、コンは記憶というものへの強い関心があったからこそ、食事の記録を始め、その二年後、この小説も書きはじめます。とくに関心を持ったのは、私たちが覚えることと覚えないこと、そしてそのことが他人との関係に、あるいは自分自身との関係にどういう影響をもたらすのか、だそうです。

幼いころから作家になりたくて、大学在学中も短篇小説をずっと書きつづけてきたコンでしたが、長篇を書けるとは思っていませんでした。とはいえ、文章は書けたし、段落も作れたから、それをつなぎ合わせて長篇小説をこしらえられるのではと思うようになります。ちょうどこの頃、作家のレナータ・アドラー、ジョーン・ディディオン、メアリー・ロビソンの短めの長篇小説を読んで気づきます。こういう小説でもかまわないんだ。すごく短いし、空白行もたくさんある。すごく動きのあるストーリーでもない。でも、自分がやりたいのなら、どんな形式だってかまわないし、それでも本になりえるのだと。

この小説のもとになるものを書きはじめたのは大学院にいた二〇一〇年のことでしたが、それまではいつも三人称で書いていたそうです。しかしこのときは、主人公ルースが一人称で語る短篇を書きました。現在のこの小説とはかなりちがう内容です。ルースの設定については職業はおなじで、住所もサンフランシスコなのですが、アル中の漁師とデートするという話です。コンはルースの声で書くことがすごく気に入って、この人物ともっと長くかかわりたいと思います。ちなみに最初つけられたタイトルは『ハロー、ビタミン』。

その後もこの作品は修正され、寝かされ、長篇になり、変化していきました。コン自身の生活でもたくさんのことが変化します。まず、フロリダからサンフランシスコに引っ越します。レストランで短期間働いたのち、『ラッキー・ピーチ』誌で仕事を得ます。この作品は二年ほど放置されました。とはいえ、その時期が無駄だったわけではなく、自分がなにを書きたいのか考える時間になったうえ、毎年、この作品を仕上げられなかったと後悔する気持ちが作品に反映され、役立ったとのことです。タイトルは長いこと『ハロー、ビタミン』でしたが、ある時点でちょっとハッピーすぎるように感じられて、たくさんのタイトルを試しました。『さらば、ビタミン』、『おやすみ、ビタミン』などなど。最終的に『さようなら』じゃないとだめだと気づきます。

コンはインタビュアーや読者からの質問で、本作は自伝なのかと訊かれることが多いようですが、その点はきっぱりと否定し、ルースは自分に似ていないと答えています。実際、コンは二歳のときに家族みんなでアメリカに渡ってきた移民ですし、相違点はたしかに多いです。コンは、執筆はいつも創造と観察と自伝の混ざったもので、ルースを自分と同じ移民にしていたらもっとすごく複雑な話になっていたでしょう、と語っています。とはいえ、細部まですべてが創作というわけでもありません。コンの祖母はアルツハイマー型認知症になり、そのことについてはオーストラリアのオンライン雑誌にエッセイを書いています。実家に帰省するたびに祖母の悲惨な状態を目の当たりにし、『さようなら、ビタミン』を書くにあたってはいくつかの細部については祖母の状態を思い出して書いたそうです。また、『ラッキー・ピーチ』誌で働いていたときにエンダイブ農家を取材したことも、部分的に役立ったとのことです。

訳者である私は原書を初めて手に取ったとき、アルツハイマー型認知症を扱っていながら心が温まる話なんて一体どういう代物だろう、と懐疑的でした。ところが読んでみると、親の変化から目を背けていた不器用なルースの姿に共感の連続でした。家族のきずなを築きなおし、自分自身のこともう一度築きなおしていく主人公の魅力にすっかりやられ、読了後もしばらく作品の余韻に浸りました。個人的には、この作品の一番の魅力は、読了後も心に残る、悲しみによって研ぎ澄まされたユーモアだと思います。悲劇性とユーモアのバランスが絶妙だから、アルツハイマーの患者を介護する娘の話がここまで心温まる物語になったのでしょう。

本書を訳すにあたって、集英社クリエイティブの高儀信秀氏、村岡郁子氏、小路功雄氏にひとかたならぬお世話になりました。心から感謝申し上げます。

二〇一九年三月

金子《かねこ》ゆき子《こ》

1972年福井県生まれ。横浜国立大学経済学部卒。英仏文学翻訳家。訳書に、オリヴィエ・ブルドー『ボージャングルを待ちながら』（集英社）、ケヴィン・ブロックマイヤー『終わりの街の終わり』（ランダムハウス講談社）・『第七階層からの眺め』（武田ランダムハウスジャパン）、セルジュ・ブリュソロ〈ペギー・スー〉シリーズ（角川書店）、ケリー・リンク『スペシャリストの帽子』（共訳／早川書房）などがある。

さようなら、ビタミン

二〇一九年四月三〇日　第一刷発行

著者　レイチェル・コン
訳者　金子《かねこ》ゆき子《こ》
編集　株式会社　集英社クリエイティブ
〒一〇一－〇〇五一　東京都千代田区神田神保町二－二三－一
電話　〇三－三二三九－三八一一
発行者　徳永　真
発行所　株式会社　集英社
〒一〇一－八〇五〇　東京都千代田区一ッ橋二－五－一〇
電話　〇三－三二三〇－六一〇〇（編集部）
〇三－三二三〇－六〇八〇（読者係）
〇三－三二三〇－六三九三（販売部）書店専用
印刷所　大日本印刷株式会社
製本所　ナショナル製本協同組合

ISBN978-4-08-773499-7 C0097